主编 凌翔　　　　　　　　当代著名作家美文自选集

终南豆架

陈嘉瑞 著

民主与建设出版社
·北京·

© 民主与建设出版社，2020

图书在版编目 (CIP) 数据

终南豆架 / 陈嘉瑞著 . —北京：民主与建设出版社，2020.2
ISBN 978-7-5139-2937-0

Ⅰ.①终… Ⅱ.①陈… Ⅲ.①散文集—中国—当代 Ⅳ.① I267

中国版本图书馆 CIP 数据核字（2020）第 033539 号

终南豆架
ZHONGNAN DOUJIA

著　　者	陈嘉瑞
责任编辑	周佩芳
封面设计	陈　姝
出版发行	民主与建设出版社有限责任公司
电　　话	（010）59417747　59419778
社　　址	北京市海淀区西三环中路 10 号望海楼 E 座 7 层
邮　　编	100142
印　　刷	唐山楠萍印务有限公司
版　　次	2020 年 7 月第 1 版
印　　次	2020 年 7 月第 1 次印刷
开　　本	710 毫米 × 1000 毫米　1/16
印　　张	14
字　　数	200 千字
书　　号	ISBN 978-7-5139-2937-0
定　　价	49.80 元

注：如有印、装质量问题，请与出版社联系。

自序

本集辑录的72篇散文，分别发表于2010—2019年的《中国航天报》《陕西日报》《陕西工人报》《陕西广播电视报》《陕西老年报》《西安晚报》《西安日报》《西安文艺界》《西安文史研究》《文化艺术报》《安康日报》《华侨报》《文谈》《艺文志》《画乡文苑》《荆山》《华原风》《汉风》等报刊中。

有几篇文章，被喜欢的语文老师出考题时借用了，如《秦岭，那三棵白杨》《江边读水》《一夜雪紧》等。看了一下试题，我也得不了满分。

眼下的时代，散文不能当饭吃。

那就当一盘瓜子，闲了嗑一嗑。

这些文章，大都写于终南山下的长安，故名《终南豆架》。

目　录

第一辑

秦岭，那三棵白杨　002
紫阳石板房　005
紫阳瓦房店　008
紫阳，那两株桂花　011
汉江边，那一缕醉人的茶香
——紫阳茶女唐丽记　015
理想　019
你好，西安地铁　023
曲江邀月　025
春日三记　027
走进长安　031

第二辑

老师之死　034
看，芦花　037
孙见喜的《书架杂忆》　039
在女儿婚礼上的讲话　043
豌豆花儿开　045
又是一年杏儿黄　050
独坐曲江　053

大明宫的蛙声　055
　　风从太白来　059
　　菜生太白　062

第三辑

　　饱将两耳听秋声　066
　　西安城墙是一盘龙　069
　　2012年的第一场雪　072
　　江边读水　074
　　一夜雪紧　077
　　雪静无声　080
　　树人兄弟与茶　082
　　锄禾　084
　　礼之源　087
　　汪曾祺与酒　090

第四辑

　　为谁风露立中宵　094
　　"树犹如此"　097
　　秋虫　101
　　张师　104
　　安康瀛湖　107
　　满城风雨近重阳　110
　　鸟儿的天堂　112

哈，咱的 12 路　115
呆呆冬日光　118
茶香　120

第五辑

菊醉重阳　124
山麓，那一株千年的银杏　126
长安大雪　129
和一家书店告别　131
一别西风又一年　134
腊梅花香　136
山里的云，谁看就是谁的　140
陌上年年花儿开　143
桃花与女子　145
花开在眼前　147

第六辑

那飘上终南的云朵　150
庭前十丈紫藤花　153
开到荼蘼花事了　155
一犁春雨趁农耕　157
爱你，我的 2016　159
清香伴我又一年　161
老觉梅花是故人　163

小镇年集　165
花之苞　169
你不来，我的花儿不开　172

第七辑
张洁的《捡麦穗》　176
韦曲桃花　179
呢喃　184
梦洋州　187

酸枣　190
人若无趣　193
长安啊、我的长安　196
窗棂上的"被面花"　199
四月，吹着永寿的风　202
飞，朝着花香的方向　205
我的两只蝈蝈　209
雨落桥山　214

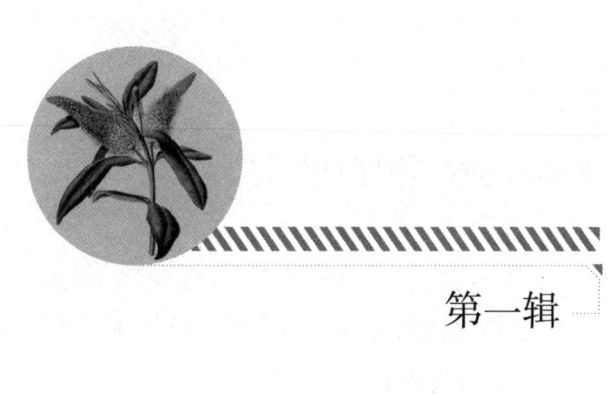

第一辑

秦岭，那三棵白杨

总是深秋的光景，山下的平原树木正茂，深山、接近秦岭的梁顶，却是十足的秋意了。

那一年，秋天凉得早，预示着当年的冬天，多半要冷得深些了。那是一段刻骨铭心的日子。凉风起时，和朋友漫无目的地进山，与那三棵白杨不期而遇。这是三棵很有些年代的白杨。可以想象，当年的这里，国道的两边，它们是站满了两行的。蓊蓊郁郁的，是两行随着山路迎风蜿蜒的绿浪。但是，树们的一生注定也是不平坦的，就像它们脚下的土地。先是几棵遭遇了不测，或是被拥挤的车辆不小心碾断，或是被山里的顽童顺手腰折，或是被一夜狂风拦腰摧断，总之，像是饱经风霜的老人的牙齿，路边的树行，露出了一段段的空白。只有这三棵，幸存了下来。它们很清楚，剩余的三个"弟兄"，再也不能失去哪一个了。无论失去谁，其余的两个都将失去支撑，最终全部逝去。

就这样，三棵树，并肩站在一起。地下根连着根，天空手拉着手。树身是粗壮的，需要一个壮汉畅怀才能拥抱；树皮是粗糙的，像伤口愈合后，肢体叠加的鳞瘕；树形是靠拢的，一枝枝，旁逸斜出后，又一律向上；树身是高大的，在四周高山的烘托下，顶天立地，枝绕云汉。可以想见，如果当年的栽植悉数存活，后来的生长不生劫难，白杨的兄弟姐妹们皆不夭折，那两行蜿蜒奔腾的绿浪，当是多么雄壮的风景！

然而，只剩这么三棵了。

我来到了树下，有了一种旧友邂逅的感觉。我知道秋天来了，可没有想到这早秋的凉意，在面前的三棵树上，竟被喧腾得如此热烈。叶子，全黄了，是那种明黄、杏黄、橘黄的交错。没有一片偷懒，没有一片三心二意，说黄，轰的一声，满树的叶子都黄了。叶子们拥挤着，欢闹着，你的脸映着我的脸，我的背烘着你的背，连叶间的空气，也充斥着一种黄透的气息。那是一种纯粹的黄，慷慨的黄，一心一意的黄。白杨知道，凉风初起的时候，秋天就要到来了。不管自己有多少的不舍，多少的留恋，大自然的时序总是无情的。也许正是这般的睿智，使三棵白杨在秋日的阳光下，进行着一场辉煌的交响音乐会。

天是蓝的，是那种无一丝云彩的深蓝；风是软的，是那种锦缎敷脸般的轻软；阳光是亮的，是那种午后无尘的透亮。我的目光，投射到那无数翻动的黄叶上，心的海，充实着一片明丽与澄净。没有犹豫，没有迟疑，我被三棵白杨当黄即黄的勇敢震撼了。秋常常是悄然而至的，预知秋起，一叶足矣。当万片秋叶一起亮黄并同时饱满的时候，却早已不是秋的宣示，而是生命的咏唱了。

蓝天的背景下，可以看见风动的叶子里，那树形的叶脉。叶脉是树叶的血管，叶脉完成了最后一次营养的输送，把自己，浓缩成了一个树的梦。一片片的叶子，在风中翻着，阳光在上面波动。一阵风来，满树叶动如潮，喧哗如歌。此刻的蓝天，变得很远很远，在一片斜阳的辉映下，目光追随着思绪的翅膀。

并排的三棵白杨，像是三支饱濡的毛笔，蘸着饱满的色彩，渲染着生命的乐章。久久地，我就这么看着叶子，叶子也在看着我。那种辉煌的黄，通过目光的桥梁，传递过来灵魂的温度。我不愿意放弃，更不愿意离开，我有些冰冷的身躯，似乎渴望着黄叶的热量。我只想就这么对接着，这么吻合着。心灵，就在这一片明黄的温暖中，渐渐复苏。突然就担忧，这样的时刻，能持续多久？换一个日子，此一刻的感受，还能不能重现？不由得就生出贪婪的心来，只顾就着这蓝天秋阳的美景，渴饮这高天赐予的魂灵的琼浆。脑海中跳出大胡子诗人泰戈尔的话来："生如夏花之烂漫，死如秋叶之静美。"我怀疑泰戈尔到过秦岭，见过秦岭白杨的祖先。

一阵风来，三片落叶从枝头脱下，像飞船，悠悠荡荡地飘到了我的怀中。那一刻，我的泪海激起了涟漪，我感觉到了我和黄叶的缘。我能感觉到它要送与我的东西。惊喜中，我已分不清哪一片是哪一棵树的，我权当它们是一树一片了。回家以后，我将三片黄叶装入相框，连同当时的阳光与思想。等我双手离开相框，后退审视的时候，我惊讶地发现，那竟是一团火苗的形状。

从那之后，无论什么时候，我的书房，都是满室秋后的阳光。我突然体味到，黄色于我，竟是那么的具有力量。以后的几年，几乎是年年深秋，我都要去拜访一下秦岭山中的那三棵白杨。

这三棵白杨，在秦岭深山，210国道边，一个叫鸡窝子的地方。

紫阳石板房

瓦是石板,墙是石墙,地是石地,石头做成的房子里,住着终年和石头相伴的人。这样的石板房,长在紫阳。

"清涧的石板,瓦窑堡的炭。"在陕西,说到石板,叫人首先想到的是清涧,其实,真正意义上的石板,在紫阳。紫阳的石板是真石板,像千层的油饼,用扁锤沿石角一敲,就能起下一块。一层一层的石板,像压结在一起,中间还都抹了油,层次之间不粘连。各地都有各地的物产,紫阳一是石板,二是茶叶。

晨起的汉江边,韵出了晨雾。一夜春雨,石径、田埂都湿了。吱呀一声,柴门开了,石板房里,有婀娜的女子走出。女子牙咬发卡,手执木梳,歪首于汉江边,临水照花。一头瀑布,便从天而泻,那幽幽的江水,就荡起了一江的黑绸。间或的一声鸡啼,震落了石板房檐悬挂着的最后一滴雨水。鱼鳞一般的石板上,油亮着三月的春色——这样的景色,秦朝的时候就有了。有人说,紫阳的石板房有上百年的历史。其实,紫阳的先民住在石板之下,已经越过了千年。

紫阳的汉江边，皆是石板。江水冲过，一楞一楞地，鱼脊一般。石板为基的沿江两岸，参差错落地，生出了石板房。天空是蓝的，江水是蓝的，江水边的石板房顶也是蓝的。天地通蓝的氤氲，叫人联想起这个以道家真人命名的县制——"紫""阳"。这样的一方地面，就笼罩在一种色彩与阳光的吉祥中。墙是石头砌的，宽过尺五，高多盈丈。支离的碎石，角线挂灰，平面往外地块块砌起。石墙的顶上，再架木椽，木椽的上面，再铺石板。石板从檐口铺起，块块叠压，至脊而收。石材的地基，石材的墙体，石材的屋面，天然的材料，被紫阳人巧妙利用，筑屋造房，建宅修舍。这样独特的石板房，居住于内，冬暖夏凉。惊奇的是，入屋观天，隙罅孔洞之间，能见蓝天透亮，有波射阳光，然淫雨旷日，也滴水不漏。雨来，屋顶石板遮挡，水不入室。放晴，满室潮气蒸发，沿隙罅四散飘逸，室内很快又可干爽如初。此石板房真乃佑生而出。

最有趣味的是石板房的屋顶。一块块薄薄的石板，形状不一、大小各异，天然的纹理，自然的质地，一块块的石板，充当了大小不一的屋瓦。万千形状的石板，在一幢房子的屋顶上，都被派用到了最为恰当的位置。任何一片石板，都不可能私自调换。一片不安心本职岗位，都可能导致全体皆乱，风侵雨入。这就是紫阳人的高明，深知才尽其用、物尽其能的道理。对于石板来说，再不规则的长相，紫阳人都能给它们找到最为恰当的位置。推而广之，依山面水，取石用木，各类人才各尽其用，以至"竹头木屑"，紫阳人的利用，恐怕都要高出他人一筹。青山不老，绿水长流。石板的寿命，就这么成百上千年地绵延着。屋脊的两旁，生着绿苔，角落的缝隙，长着瓦松。石板筑就的房子，混合着岁月的痕迹，任百十年间的风雨飘摇、时光流逝。一幢幢的石板房，散落在汉江两岸。一座一座，已记不准是什么时候长出来的。长出来了，就久远地站在了那个地方，高低错落，俯仰有致，与江水呼应，共山峦同辉。一座座的石板房，天造地设般的各得其所，它们在最恰当的位置，以最和谐的样子矗立着。汉江两岸的石板房，在紫阳人的心目中，站立成了紫阳人熟悉的风景。

想到新疆的泥顶房。新疆地区降雨稀少，有些地方年降水量不足50毫米。由于过于干旱，宝贵的雨水降到屋顶、地面，不待流动，就被挥发殆尽。故而新疆地区房子屋顶基本无瓦，只是泥巴糊覆即可。紫阳北依秦岭，南屏巴山，两山扯雾，阴雨不断。所谓巴山夜雨，紫阳亦得其仿佛。这里的房屋，以石板为瓦，成十上百年，尽可无虞矣。想那阴雨季节，紫阳的石板房上大珠咚咚，小珠叮叮，雨水成线，檐头飘落，山野城镇皆烟雨霏霏。人们闲居屋下，口衔烟杆，燃火烹茶，相互关公赵云一番，当是何等乐事？石板房的建造，所有材料就地取材，不做任何二次加工。没有污染，无需能源。石材是天然具备的，木材是自然生长的，粘接的材料无需运输。在自然的地区，用自然的材料，造出自然的房子，住着自然的人，其本身充分暗合了天人合一的思想。

在各种时髦建材材料充斥的今天，发达国家却在追求材料的本真化。例如在韩国，黄土是最受推崇的建筑材料。厚厚的黄土墙，有着极好的保暖隔热作用。在现代人饱受城市环境困扰的当下，黄土材料降噪、隔音防辐射等功能，许多材料难以企及。在国家倡导生态环保的今天，紫阳的石板房当引起足够重视。

三十年前，紫阳的石板房举目皆是，为当地一大建筑景观。如今，石板房的身影日渐消蚀，要看石板房，得有向导引路。不可设想，如果有一天，紫阳的石板房全部消失，代之以千篇一律的鸽子窝楼房，紫阳文化之血脉，当完全干涸，进而无情断绝了。

过些年再来紫阳，不知还能不能看到紫阳的石板房？

紫阳瓦房店

　　等我们赶到瓦房店时，瓦房店已经走了。

　　身在任河咀，有两种选择，沿汉江往上走，可以到达汉阴；沿任河往上走，可以到达瓦房店。我们租了两辆出租，去瓦房店。

　　任河是弯曲的，沿着任河的路也便弯曲。弯曲且起伏，再加上全段公路翻修，半幅通行，车载之物就都有些不爽。限行的两头有妇女把守，有步话机联系，用听不太懂的紫阳话和司机交谈。司机就将车靠边了，要等对面的车过来了，才放行。有时也弄错了，单幅放行了，还能遇到对面来的车。两边的车就都要来个"吸腹提臀"，尽量"瘦身"，一边的车就要临着江，一边的车就要压着塄。蚁行而过时，两个司机探头紧盯各自倒车镜，彼此的呼吸可以见证两人早餐的内容。为了缓解郁闷，双方的司机擦过之间互嘱小心，且用彼此卷起的灰尘慰问对方。三个单幅放行过了，汽车刚撒欢儿跑了一段，瓦房店就到了。

　　这是一个半U形的街道，一进街道就转弯，弯转完了，街道也就尽了。清晨，街道刚醒来，街道里的人也刚醒来。一条黑狗沿着店铺悠闲巡逻，一只公鸡站在石上舒展脖颈。三两起早卖菜的竹箕摆在那里，有当地打扮的妇女无声摆弄蔬菜。有精瘦老者站在门口，站够了，再回去洗脸。乳牙小孙早醒来了，拉着奶奶的手，弯腿往炸油糍的摊前儿拉。等到对面山顶扑过来太阳，照得半街明亮晃眼的时候，我们已吃完了紫阳的凉皮，走出早餐店。几口茶水下肚，掩口打过饱嗝，用力闭合几次眼睛，身心才同瓦房店一起，正式醒了。

再看瓦房店的面目，也就清晰了许多。这是一个新旧杂陈的街镇。现代的建筑中，露出几许古老建筑的影子。早些年的，有散落的石板房。再往前，有明清会馆的身影。驻足而观，门板上，写着沧桑，屋角上，挂着历史。一缕阳光穿过时空，在一幢古建的弧脊上撞出回声。悠悠的，似回到繁盛的那个当年。

在汉口，如果把汉江看成一棵树，往上游是它的树梢，那么瓦房店，就是大树枝杈上的一枚硕果。像人身上大小血管输送营养一样，汉口上来的日用百货，沿着汉江上行，到瓦房店，沿任河、渚河朝诸多毛细血管输送；来自上游各地的茶叶、桐油、生漆、蚕丝等土特产，又汇集到瓦房店，朝江汉飘去。这样一个码头枢纽，能想象到它当年的繁华与风光。明清时期，建在这里大大小小的十七座会馆，便是当时辉煌的见证。

几百年过去了，就像一阵风。当年的辉煌，沉淀在一些残垣断壁的建筑上。

风雨，正在将它们一片片剥蚀。

沿着小巷，斗折而行。有斑驳小院相间，有往昔门楣映目，有青衣老者，肩背背篓，一路咯吱而过。三个幼童，拥挤在街道小学门楼下的拐角，一起伸过来探寻的目光。阳光透亮，明暗分明，天就更蓝了。江面适时送来清风，抬头一观，一座高高的吊桥隐在小巷尽头。

这是一座钢丝的吊桥，从高高的江面上吊起，长长地伸到江的对岸。

走到桥头一看江面，高到摄人魂魄。桥在两山之间，江水低低地流着。往上游看去，见渚河与任河交汇，繁华的日月，恐怕满江都是上下的船只。

下游水库蓄水的时候，古老的瓦房店被水淹没，许多居民迁到了对面的向阳镇。如今，两镇之间，就靠这座索桥连接了。走过索桥，回目一望，突起的山包上，错落着演变中的瓦房店。一片阳光下，古旧与新建的房舍和谐相融。一片苍翠的山峦下，这一方陕南的小镇，清新地走进人的眼目。对面的江窗打开，有清丽小女探头眺望；一家屋顶的露台上，一老者伺弄苍翠的花草；街巷内，有三五的人影移动；小巷深处，不甚清楚的说话声，一高一低地传来。

西边的几处新房，正在窜出旧城，势头凶猛。更有一道天上的大通道，赫然而过——跨天而过的高速公路，遮蔽了古镇的半个天空。不久，这里填满山谷的，将是喧嚣的汽车声。

站在这曾经寂静与将要喧嚣的临界处，朋友给我拍了一张照片。

我想拍一张风景，果然就有了：一个咯咯而笑的幺妹，和对面石板房顶的鸽子说话。咕咕而叫的鸽子拍翅起飞，幺妹口叫鸽鸽，趔趄扬手地向石巷的深处追去……

我们是来寻访瓦房店的。

我们来的时候，瓦房店已经走了。

走了几十年。

紫阳，那两株桂花

离开紫阳半个月了，萦绕脑海不去的，总是紫阳的那两株桂花。那两株桂花生在瓦房店，一个叫作川陕会馆的地方。

印象中，陕南多桂花。那一年去镇安，正月天气，东坪、柴平、云盖寺，都看见过满身墨绿、枝叶森森的桂花。汉中南郑圣水寺中的汉桂，已有两千多年的树龄，传说是汉高祖刘邦所植。前年友人庭院绿化，往苗木公司购得一株，干不盈握，梢不及胸，要价四百元。陕南的朋友知道了，埋怨不早说。他说可以托人带过来两株，自家山上的，不要钱。然而，那天在紫阳，于会馆墙外看到这两株翁翁郁郁的大树时，也有些诧异，何处见过如此繁茂阴翳之桂花？

清晨七时从县城的任河咀出发，西南蛇行十余里，抵达瓦房店。下车环视，见天蓝水清，小镇如画。餐毕打听会馆所在，说沿巷右拐，见院内大树两株的便是。但是，要进会馆，得找掌管钥匙的人才可入内。于是，一人找馆长，余人相跟，一路探行至会馆以外。目逾墙头，果然有典雅建筑入目，气势非凡。大墙以内，建筑群落依势而筑，结构恢宏，样式古朴。虽旧制多有残损，大部正在翻修重建，然观其全局，仍显当年壮观宏伟之气象。尤其是大院以内，殿宇之间，两颗硕大繁茂之桂花，枝叶交错，满院覆盖，前殿后楼，绿色掩映。因了桂花，那些久远飘散的历史烟云，在此盘桓，逝去了的信息密码，于兹凝结。这一方天地，依稀聚拢出当年的气象与神奇。

馆长来了。其实这里没有馆长，馆长是我们对康老的称呼。在这个镇上，把明清之际南来北往的商会在这里建造的一个个会馆，如今当作自家祖传的家产一样保护的，恐怕就只有康老了。前些年曾经有人出高价，要收购会馆大殿前两头神情威严的石狮子，康老不答应，说老祖先留下来的东西，谁也别想占有。六年前，媒体刊发了一篇采访康老的文章——《百年古镇瓦房店》，才让多年沉寂的川陕会馆走到了人们面前。会馆及馆内幸存下来的珍贵壁画，得到了省里专家和政府的关注重视，随后项目立项、落实资金、工程实施等，一一展开。

果然，康老肯定地说，这两株树，就是桂花。

康老说，每年八月，两树桂花盛开的时候，满城馥郁，香透五里。

明清之际的瓦房店，是陕南重要的商品集散地，十分热闹。水路的便捷及地理形胜的特殊，使这里商贾云集，生意繁忙，当时人们称之为"小汉口"。自清代中叶开始，南北客商为了占稳市场、增强乡土联系，提高竞争力，先后在这里修建会馆。辉煌的时候，各省的大小会馆达到十七座。后来，自然的毁坏，文化的浩劫，加之后来下游水库的建成蓄水，遗留下来并相对保存完整的，只剩下川陕会馆了。川陕会馆规模宏大，建筑风格独树一帜，汇集了南北建筑艺术的精华，更有珍贵的明清壁画，历史和文化内涵丰富。如今的川陕会馆已被列为省级文物保护单位，维修与保护工作正在进行。

随着康老前后参观，感兴废之无情，岁月之沧桑。当年的十七座会馆，如今几乎湮灭不寻。有些毁弃，有些唯存残垣断壁，有些通过一墙一角,还能依稀传递出当年气象。相对幸运的川陕会馆,其前堂后殿、厢房乐楼,许多细部也是不翼而飞,原件散失无踪。要说完好无损、全程见证会馆繁荣辉煌到逐渐萧条,以至今天沉寂无闻者,当数庭院两株亭亭如盖之桂花树了。

桂花树下,听着康老带有紫阳口音的讲述。此一时间,似乎能听到当年墙外街巷市声的喧嚣,有赶集人的叫卖,挑担人的吆喝,杂耍人的卖唱。有船靠上码头了,会馆外会燃起迎接的鞭炮;水手们上岸了,老友拥抱后是开心的欢呼;码头上,飘荡着挑夫们装卸物资的号子;酒馆里,响彻着长途跋涉后水手们的笑声……这个时候,会馆成了船帮商人们久别相聚最为热闹的地方。此一时刻,桂花的树冠感受着会馆的声浪,桂花的枝桠体味着香火的熏蒸。桂花树静立在那里,听过顺风的朗笑,也闻过翻船的悲声。日日月月,岁岁年年。一棵幼小的桂花树,在建造会馆的时候被植入土中,不几年,伸叶展枝,亭亭玉立。再几年,引风遮阴,蓊然于院。如今,两株桂花沐雨栉风、斑驳嶙峋,郁郁然、苍苍然,坚守原地三百多年,不离不弃。桂花的身上,沉淀着太多的会馆风云与古镇秘密。

一阵风过,桂花低低私语。

时在六月,满院厚厚的浓荫已透出沁凉,遂想酷暑伏天,于院内树下置榻品茗,当是何等乐事!

喜桂、植桂,于汉人来讲,历史久远。《山海经》云:"招摇之山多桂","皋深之山,其山多桂木"。屈原的《九歌》曰:"援北斗兮酌桂浆,辛夷车兮结桂旗"。说明在春秋战国时期,桂树已是"物之美者"。桂之栽植,有孤植、对植,亦有成丛成林种植。旧式的楼、台、亭、阁,植桂常用对植,古称"双桂当庭"或"双桂留芳"。在住宅四旁或窗前栽植桂花,能收到"金风送香"之效果。山陕会馆殿前植两株桂花,可为桂花文化之佐证。

康老介绍说,"中国第一条茶马古道紫阳高峰论坛"在川陕会馆召开,当时的会场就在两棵桂花树下。据西北大学教授、陕商研究专家李刚研究,陕甘茶马古道在一千多年前便融入丝绸之路,是一条重要的商贸通道,而陕西紫阳就是这条茶马古道上主要的发源地之一,产于紫阳的"紫阳毛尖"茶便是这条通道上久负盛名的品牌。明清之际,陕西商人经陕甘茶马古道南下北上,东进西出,纵横驰骋五百年之久,至今遗留在紫阳县瓦房店的会馆群便是茶马贸易的最好见证。那一天,两棵桂花树又一次见证了会馆重要转机的一刻。

康老神情儒雅,乡情殷殷。说起瓦房店、川陕会馆,声透珍爱,语多痛惜。他触摸着一砖一石,爆筋的手背微微颤动,描述墙上的壁画时,镜片后的眼睛似乎有泪涌出。

浓荫遮蔽的桂花树下,我采访康老。我觉着康老的身影和桂花树融合在了一起,康老和这两株桂花,有着一种神合般的关联。

问康老年纪,他笑而不答。有人猜他有八十多岁。

康老叫康永富。

我和康老约好了,今年桂花开放的时候,我要再去瓦房店。我想体味一下,那看惯任河风雨几百年的桂花树,花开到底有多香?

汉江边，那一缕醉人的茶香
——紫阳茶女唐丽记

水，开了。匙茶一撮，缓倾入杯。入杯出杯，茶匙在唐丽的手中，划出了优美的曲线。杯底，有了一簇浓郁的绿色。唐丽右手执壶，于眉前，冲水两指，见绿针翻卷，氤成白气。于是，置壶于一侧，再双手执杯，绕腕慢旋……淡淡的绿，渐次化开，洁亮的玻璃杯，通身渐成翡翠。稍顿，滤去初汤，唐丽邀众人次第于杯口闻香。湿热的杯口，有香嫩的豆香溢出。继而，再冲水，至于二成。此时，杯中茶芽，似苏醒了的少女，腰身舒展，于水中，翩翩然上下起舞。慢慢地，条条茶叶尖挂针泡，竖直悬立。茶与水，开始进行着灵与肉的交融——兔年的五月初四，端午节的前一天，和友人一行来到紫阳，在汉江边一家茶厂的茶艺室，观看唐丽的茶艺表演。

起初只顾看茶了，并没有发现，唐丽竟然是那么美。

我们一行进来的时候，主人已经准备好了。这是一幢装修精美的茶艺展示厅，若置于闹市，当是一家品味考究的茶楼。造型古雅的曲形台前，弧列着红木的鼓形圆机。一应茶具，揩拭得一尘不染。刚刚受过主家的热情招待，酒足饭饱，大家期待着有今年的新茶得以畅饮。围坐案前，见唐丽取杯置盏，开茶烧水。举手投足，优雅有韵。窗外的夕阳，遍染群山，一江碧水，悄然东流。茶室里，吹过来江面的微风，对面丛林上的阳光，映照在唐丽的脸上。观唐丽，顾盼间，长发飘逸，回眸中，娇媚稍羞。笑靥浅浅，嫩媽还遮，薄唇轻启间，有碎玉刺人眼目。案前的杯盏茶具，壶茶各品，在唐丽的手起腕飘间，演奏着无声的交响乐。

俄而，唐丽起身，身材曼妙，婀娜而去，身后，带起一阵茶香。

唐丽的脸上，一直挂着微笑。绿丝的短袄，把她也包成了一枚茶芽。唐丽很安闲，她把茶叶泡进水中，也似乎是把自己的心，泡进了水中。唐丽的神情，交融着清明早茶的氤氲，目光，便随着袅袅的烟岚，在茶晕中泅软。杯中的茶叶笑着，杯外的唐丽也笑着；杯中的茶叶缓缓舞蹈，杯外的唐丽心翅飞翔；杯中的茶叶起伏升降，杯外的唐丽眼生怜光。

"酒满杯，茶半盏。"待杯中茶叶伸枝展叶、汤翠如染时，唐丽端过开水壶，将面前茶杯一一注高。此一时，杯中有绿茶，眼中有绿色，心中有绿意，鼻中有绿味。于是，众人先后捧杯，沾唇轻啜，一口清香，随喉而下，缓缓入胃。天然佳茗，开始滋润着人的五脏六腑，不一时，顿觉浑身通泰、舒适熨帖。再饮两三口，先涩后滑，前苦后甘，江风适时吹来，腋下翼翼，瞳仁飘飘，直觉当是神仙中人。水是汉江水，茶是汉江茶，女子是汉江女，在汉江的边上，吹着汉江的风，浴着汉江的翠，在一片绿意盎然的汉江臂弯里，品味着汉江边的紫阳毛尖，众人就都有些醉了。

问唐丽仙乡何处？回答说是紫阳红椿人。就醒悟，紫阳椿树是多呢！茶园边，沟道旁，一排排的，都是椿树呢。问家里种茶吗？说是种的。就想象着，她家的一片茶园四周，长满着高大的红椿。唐丽说，在他们家乡，只要有地种，大部分人家都是要种茶的。自小，她就是在茶味的清香中长大的。前些年，她和许多姐妹一样，先后到沿海的城市打工，惊喜于山外的繁华世界。可几年过去了，她开始厌倦了——那一成不变的劳作，那喧嚣嘈杂的都市。这一时刻，童年的青山，儿时的汉江，都在召唤着她。这样，她回来了。像许多外出打工的姐妹们一样，漂泊累了，才觉得故乡才是自己永久的依恋。问她为什么从事茶艺这一行？唐丽说她觉得茶环境能改变人的性格，能够使人拒绝浮躁，静下心来。她说自己从事茶艺近两年了，性情有了很大改变。以前的自己脾气直、性格急躁，如今不同了，看什么都宽容了许多。当自己安静下来以后，看周围的事物，原来竟都是这么美。问她对西安的印象如何？回答说西安人太多，车太挤，人们都是急匆匆的，她不适应。她说她喜欢自己所在的这个小城，不多的行人，较少的车辆，清静又悠闲。

第二天从瓦房店的茶山回来，决定采访一下唐丽。怕影响她吃午饭，特地下午两点以后登门。不想刚落座，换班的女子就来了，唐丽要休息了，顿觉很是遗憾。唐丽笑了，说没关系，可以采访她们的经理。但是昨天的茶艺表演是唐丽，换人总觉得不对味。但唐丽辛苦两天了，只得让她赶紧休息。谁知等我上楼办完手续下来，正要落座采访她们经理时，唐丽竟然又返回来了。这样，友人给我们拍了照，我也趁机完成了对唐丽的采访。

询问唐丽，回答说她曾受过专门的茶艺培训，还多次，在不同的地方。就觉得，培训固不可少，可对故乡茶业的喜爱与钟情，恐怕更为重要。唐丽喜悦地说她们的紫阳茶的前景会越来越好。如今高速路通了，她们的茶场周末常常有大量的客人。她个人的销售业绩，每月都是好几万。

唐丽叮咛说，我要是喜欢紫阳茶，记着明年三月准时来。那时，她再专门给我泡明前的紫阳毛尖。

唐丽很漂亮，她的肤色，她的身材，她的笑容以及她送别众人时招手的身影。

那天的茶艺表演，让人们真切感受到了地道的紫阳茶；那天表演茶艺的唐丽，让人都有些陶醉了。

晚上做有一梦，唐丽和她的姐妹们，都幻化成了翩翩起舞的紫阳茶。

理想

老年人也有理想。

二十世纪的七十年代，我十六七岁。

我当时是一个学生娃，刚回到农村，算不上全劳，一天只能挣六个工分。生产队里让我看苜蓿。苜蓿种在原上，都是坡坡地。夏天，旺盛的苜蓿高过腰，密格扎扎地斜挤在一起。紫色的穗穗花很繁盛，开满一面坡。蜜蜂嗡嗡地吟唱，送过来一阵阵清香。我在午后的草庵子里睡醒了，就听到面前的坡畔，有人割苜蓿的说话声。这是两个饲养员，在我当时孩子的眼里，就是老汉了。每天下午，他俩都要拉上架子车，带上镰刀，到原上给牲口割苜蓿。出了饲养室，外面是豁亮的，尤其是原上。蓝蓝的天，轻轻的风，往南一望，秦岭苍翠，渭水悠悠。每当他们割苜蓿休息的当儿，屁股底下垫只鞋，弓背坐在地上，两个烟锅装满了旱烟，点着深吸一口，吐出的蓝烟在眼前飘散，他们的思绪也就随着飘远了。小一点儿的对老一点儿的就说了："大哥，咱俩在临死以前，朝一回华山咋样？"两个农民，一生没走出过方圆百里，几十年就在不知谁给他们划定的圈圈里劳作，像是一头拉磨的驴，闷着头，拉过了几十个春夏秋冬。老了，破天荒的有了个念想。之所以有这个想法，是因为华山是离他们最近的名山了。他们没有地理知识，但他们知道，沿着南边的这个秦岭一直往东，就是华山。之所以想去华山，也是《智取华山》的一部电影激发了他们。他们想在有生之年，登一登那个"自古华山一条道"的名山了。听到年轻一点的提议，老一点儿的眯缝着双眼，吐出了一口烟，满眼都流露出憧憬。在鞋帮磕掉烟灰，缓缓地说："对，咱得朝一回华山！"那个"对"字说得很重，音也拉得很长。一直到了秋天，三镰的苜蓿都割完了，他俩在休息的当口，抽旱烟的时候，还在商定着他们的决定。第二年，我还在苜蓿生长的季节，被派去看苜蓿。两人继续着他们的提议。他们都肯定地答应着对方，临死以前，要朝一回华山！这是两个老人，在年老时的一个理想，他们从真心里，想要实现它。

可是：

三年以后，那个年老一点的，突然去世。他没能去朝华山。

六年以后，那个年轻一点的，脑中风，半瘫在炕上。

华山于他们，永远的是个梦了。

二十世纪九十年代，我三十来岁。

我在西安上学，毕业留校。后来我才知道，是那个结实爽朗的成老师，暗暗中考查过我，让我毕业以后留校，在他的科室给他当助手的。成老师一生坎坷，命运多舛，一直不得志。以他的能力，早早当上科长，甚至当上副校长都是理所应当的。但由于性格耿直，脾气倔强，常常坚持原则，令一些人觉得不爽。所以直到他退休，才勉强评上个"讲师"职称，职务上调整成"副科级"。那个时候，科室里最热闹的时候便是周六的下午了。那时还是一周六天工作制。一周的工作结束了，打扫完了室内外卫生，科室里的五六个人都歇下了。大家就都坐在自己的座位上，天南海北地聊天。这个时候，爽朗的成老师就国际国内、校内校外地侃侃而谈。记得有一次聊到桂林，成老师流露出极大的向往之情。说他无论如何，要去一趟桂林！

接下来的几个周六，聊天会上，成老师不断重复他的这个愿望。本来学校每年都有寒暑假，他完全可以成行。但七事八事绊磕，这个愿望总没能兑现。后来他改口了，说干脆等他退休吧。退休以后，他要带上老伴，周游全国！"一定的，等我退休以后。那时我有时间了，也不用上课了（他在繁忙的行政工作中还兼着代课多年），我一定要周游全国！"说这话的时候，成老师的语气斩钉截铁，不容置疑。依他平生说一不二的作风，大家都相信他的决心。就这样，"周游全国"成了成老师年老时的理想，他是下决心要实现它的。

可是：

三年以后，老伴死于心脏病。

后来，胃口特棒的成老师突然被查出胃癌，人消瘦得一把骨头。没出五年，我那可爱的成老师也走了！

退休了的他们，没能走出过西安。

进入二十一世纪，我开始"奔五"了。

我的表哥在高校工作。表哥身材魁梧，相貌堂堂，为人豪爽，抱负远大。十九岁当兵，一路前程似锦。在部队时，师长的姑娘看上了表哥，要嫁给他，表哥也很喜欢长相酷似歌星陈红的那个姑娘。可我那传统的姨父姨母固执地认为，娶了师长的独生女，等于是给人家师长当了上门女婿。独生的儿子天南海北地随部队走了，他们老两口谁来照顾？美满的姻缘，就这样被老人拆散。也是命运捉弄，后来表哥转业、结婚、生子，又离婚、独居。十五年前，表哥突发心梗，幸亏抢救及时，才逃过一劫。这以后多少年，他都是一个人过。同事战友介绍过无数对象，都未成功。表哥相信缘分，说婚姻的事，得"撞"。然而撞了将近二十年，也未能撞出那个另一半。如今儿子结婚了，去年又添了孙女。表哥说他的任务完成了，说等他退休以后就买辆二手车，然后开上车，逛遍全中国。表哥在部队时就喜欢车，也曾在战友的怂恿下开过车。大前年，他还报名学过驾驶，也按期拿到了驾驶证。其实表哥的开车技术很棒，学驾照只是拿个正式本本。部队的时候，他就爱看书，买了上千本书。到了高校，他的藏书装满了两屋子。几十年来，他的全部时间都消耗在书本里。高校里几位学者到过表哥的家，睹其藏书，也暗暗吃惊。他也曾几次有过出国定居的机会，都是阴差阳错地错过了。如今的表哥，在电脑与书法的世界里遨游。但电脑前坐久了，颈椎不好，腰肌劳损，脑供血不足。好久没有表哥的消息了，大前天在外面碰见他，远远地以为是认错了人，近前一看果然是表哥，神情少了热烈，脚步竟然有些蹒跚。

如今表哥退休快一年了，没有听他说要买二手车，也没有听到他游历全国的具体打算。我有些担心，身体一年弱似一年，即使买上了二手车，一个人驾驶去周游全国，真正到了要出发的时候，他还有多少这样的勇气？

每个人都可以展望自己未来的人生站点，但人们往往对到达旅途中主、客观的无常变化准备不足！人生是美好的，但美好的人生旅途中，常常潜藏着残酷。你不知道自己命运中的那个恶魔，在哪一刻出现。即使你的命运中没有恶魔，也可能到了那个站点，你的心态已发生了变化——先前的"理想"，变得不值一提了！

池莉写过一部小说：《有了快感你就喊》。

这样的标题于人生，该有怎样的启示？

你好，西安地铁

2011年，辛卯岁，一个金秋的月份，西安，开始启动第一趟地铁！一条龙骨，南北贯通，长安的地下，开始奔涌着一条动脉的血管。

你好，西安地铁！

"嘀——"一声长鸣，从厚德载物的黄土深层发出。汽笛引响了画角，沿着时光的隧道，向着唐、汉、秦、周传递。沣西的文王，引颈聆听；骑牛的老子，回头瞩望；张骞的驼铃，穿过了千年的黄沙；太白的吟唱，在沉香阁畔驻息。宇文恺惊异，阎立本肃立，"二虎"相喜，"止园""八办"致意……

你好，西安地铁！

轰响，来自于地下。十三个朝代的历史，在这里叠加。积淀得太久，沉积得太厚，堙没得太远……黄土、高天，一个千年，又一个千年。嬴政的直道，翻卷着黄尘；武帝的仪仗，飞扬着汗土；李渊的铁骑，旋风一般地驰过。嘶鸣已去，牙旗早失，渭湄之苇，冰结着明皇的叹息。一朝一朝的辉煌，从这里走过。长安血阳，渭西坠落。这一方承载过多的土地，在西风中，悄然沉寂。

你好，西安地铁！

车轮，延碾着记忆。辛亥革命、渭华起义、西安事变、民国风云……1949年的5月20日，当一野的红旗插上西安城头，古城的大街小巷，开始沸腾。"一五"期间，二十四项国家项目落户陕西，厚重的西安，新页重启。电工城马达轰鸣，科教城琅琅书声，纺织城机杼不息。改革开放，西安巨变。机场外迁，铁路升级，二环贯通，三环又起。高速路米字辐射，绕城路长虹通衢。国际大都市，高新开发区，天上四通八达，地上道贯东西。科技发展，信息当先；通都大邑，交通第一。

你好，西安地铁！

2006年9月29日，第一根钻杆，开始旋破西安的地皮，一座东方名城，开始盾构现代文明的晨曦。西安，开始了与世界接轨。黄土层下，一段段神经，开始衔接，一节节脉络，开始延续，血管开始打通，中枢开始形成，交通的地下大网，开始悄悄延伸。西安地铁，从遥远的过去启程，一路破土穿洞，裹雷携风——它来了！

你好，西安地铁！

有了地铁，西安建成了天上、地面、地下的立体交通网。地铁，连通了西安的地下世界，四通八达的输送，开始为地上这个城市，除滞化瘀、舒筋活血。

古城从这一刻开始，变得年轻！

地铁从这一刻开始，驶向未来！

我们欢迎你，西安地铁！

曲江邀月

说好了，你得来。

我没有想到，你真的来了。

那是在曲江池畔，一片槐柳的枝桠后，你出现了。你出现的时候，没有一丝声响。没有风，没有雨，没有光。谁也没有注意。你悄悄地现了身。是在一次蓦然的抬头后，发现你如一枚银币，从云缝的雨水间洗出，惊得我喊了一声："呀，月亮！"

闻言，周围的人都惊了："呀，月亮！"

稀少的游人，忽然都有了赚大了的喜悦：久雨不晴的这个夜晚，能在这曲江的湖畔，在无望的漫步中，猝然相遇了未曾奢望的你。

曲曲弯弯的湖畔，汇聚来远近成丛的观月人。

湖中，有了你的影子。你在鱼儿悦动的涟漪上，抖动着，朝天上铺去。一湖的水，在这悠悠的晕染中，微醺如醴。

天上，有彤云奔涌。

空气中，是彻天的清寒，清人肺腑。

没有些微尘埃。

一片澄明……

人们的目光,从地上延伸开去,一直向上、向上,敲在你的表面,叮叮作响。

见到你了,我还是为在淅沥多日的秋雨中,能见到你而惊异。

忽然就忆起了,今年是辛卯年!

你是肯定会赴约的。

不期我的相邀,也是一种暗合。

风起了,月满如月。

今晚的观月人,一样的有福了!

春日三记

风

风,是在后半夜刮起的。

"哐啷——哐啷——"门没有关好,风在外面叫门,梦就有了伴奏。"忽而"的一下,"哐啷——"一声,再"忽而"的一下,又是"哐啷——"一声。头顶上的窗户,有丝丝的风儿进来,窗纸破裂的地方,时凹时鼓。身下的炕席就不再烙热,满屋有了柴草的烟味。"嗷——嗷——嗷——儿"窗外厦角的鸡架上,大白公鸡三声高鸣,尾音下滑而止。风更大了。"呜"的一声,房顶上的电线成了弦,"刺刺拉拉"的,院里的柴草往角落里跑。

天明时分,风停了。

早上起来,立在村外,见南山的顶上,一片白雪。

"咯噔——咯噔"的,送粪的大车就过来了。吆车的人不坐在辕头,怀里抱着鞭子，陪着牛走。人嘴三股白气，牛嘴两股白气。路旁的白杨，树梢在轻轻晃动。有谁在路边的粪堆旁，笼了一堆火，袅起的白烟，升起了，又斜飘着而去。

"啪——"的一声，"嘚起！"又一辆大车来了，鞭声清脆。

村口，远远近近的，有几个娃娃。

娃娃们脏着脸，手里拿着馍，并不吃。

远处的地塄下，是去年不化的积雪。粪堆旁的篝火被风吹起了火苗。娃娃高兴了，在早上的风中，捡拾远近的柴草。他们跑着，往那火堆上运输。有一个裤腿上冒烟了，并不知晓，还是在风中奔跑，是嚼着烟锅的三爷，圪蹴抱着摁灭的。

娃娃在风中，不知道冷。

风，是真的不冷了。

云

云，都是从西北的塬顶上升起的。

大人们说："早看东南，晚看西北。"前一天傍黑，"云接爷"了，第二天天就阴了。春天，"接爷"的云常常不黑，青色的，像黑色的蜡笔，在西天那么一抹。冬天里，蜡笔跌到地上容易断。春天了，也断，一根常断三节。

春天多阴天。冬天下了很多的雪，化不了。云，就是地上的雪。

云铺在天上，像棉花的套子。厚的好多层，薄的一两层。少风的天气，云就在天上撒懒。云铺开了，伸胳膊伸腿。春天的云不跑，也不卷。娃娃们跑的时候，云才跑。娃娃们跑累了，嘴中也吐出了云。

太阳压山的时候，有时候天就"烧了"。春日天短，"天烧了"的时候，常常是娃娃们打扫完卫生，放学回家的时候。西天火红，地上也映得红彤彤的。云在天上，烧透了，火红，渐渐变成暗红。娃娃们雀跃着，书包在屁股上一荡一荡。云很快就黑了。一群乌鸦飞过，扯过来夜的大幕。

清晨，田间的麦苗、上学的小路上都是白霜。

远处，雾霭接天，天地浑然一体。天上的云没有了边界，云在天上，又告诉说它不在。云混沌着、包裹着。太阳出来的时候，云才回到了天上。心情不好的时候，云也会变脸。但云在春天的心情，大多是平淡的。春天的云，也就时常那样的四平八稳。

飘过了太多的雪花，云在春天变轻了。雪花是云层飘离的皮屑。雪花带走了云层太多的冰冷，春天了，云就绵绵了起来。这是一段容易遗忘的日子。许多的日子，云就是被大人小娃们遗忘了。其实云天天在，只是那么淡淡的、悄悄的。了无踪影的时候也有，那是它们进了南山，缠着山峰玩去了。

背阴处的雪化完了，天上的云也解了冻。

云从春天走出来了。

雨

一冬天下惯了雪，要改下雨，天还有些不适应。

天是昏黄的。空中有慢慢的风。白杨树的枝梢在轻轻地摇。

"噗噗"地，有雨滴掉在地上。

一股风吹过，带下来一片雨滴，地上有了花花点点的土痕。等第二股风过来的时候，空气中就有了尘土的气息。路旁的包谷秆上，传出簌簌的响声。几只柴火垛下刨食的鸡，伸缩着脖子往回走。一只黄狗竖耳张望后，低头嗅着地面，颠儿颠儿地往家跑。

雨又走了。

天升高了。

忽而一阵，淅沥嗦啰，有人好似从天上撒豆子下来。天渐渐变暗。雨不知何时又慢了，零零星星的。街道里有了风声。有人家急着抱着干柴火回来，准备下雨以后做饭烧炕。有谁家妈妈喊自家娃娃的声音，街道上就响起了娃娃们回家的奔跑声。

头门关上了，跑进了厦房，雨开始下了。

下着下着就下大了。

滴滴答答中，麻雀们唧唧叫着钻进了房檐，上了架的鸡们在咯咯地说话。

檐下的烟囱冒出黑烟了，开始在风中卷。雨一拍，四下弥漫。一会儿，烟泻如瀑，顺地而走——雨幕正式地铺开了。

院子里的石榴树，上上下下全湿了。雨水中，石榴的尖牙红得透亮。几根蛛网牵在树枝间，晶亮亮地坠上了水珠。院落里，湿亮亮的，一踩，会能带起泥。

"嗡儿——嗡儿——"谁家的屋里，就响起了纺车的纺线声。一边纺线，女人一边就唱起了口谱："哎——，娃他伯，你坐下，我给你烧茶泡馍呀！去呀坐的花花马，回来坐的呱呱轿，一顿喇叭一顿炮……"

一晚，都是雨声淅沥。

第二天，树芽胀大了，树枝精神了，天空变高了，空气中满是潮气。

上学的路上，娃娃们穿着雨鞋。

看南山，一带白云，在山腰间缠绕。

走进长安

春日，长安。草绿，花艳。

拂过人脸的风，开始变软。一冬头顶的铅灰里，开始透出了几块明亮的蔚蓝。太阳的光线，开始有了麻与痛的针感。抬头远望，见终南透迤，田畴返青，看满目清新，天高地远。畦畦田垄间，丝丝的风儿成弦，农人，把自己劳作成了春曲上的符点。

皇都，王维的春雨，润透了长安。这渭城的雨，从唐代就出发了。四野的草尖，河畔的树芽，坡畔的迎春，水边的玉兰，茸茸着，羞涩着。清晨，微雨浥尘，如毛似雾，雨把长安，推进了国画的晕染。如酥的小雨，湿了阡陌，润了麦苗，洗亮了紫燕。晨风，穿过细雨的筛子，透进鼻孔的，有微尘的气息。百草的尖上，插着无数雾珠，湿柳的枝条上，荡着水滴的秋千。青青村舍，霭霭田园，觉微风清新，有湿气拂脸。

曲江，湖畔。白居易的草坪，匍匐在湖边。昨夜一阵风吹，魂儿醒了；晨间一场春雨，心儿绿了；几场风吹雨过，草绿如茵；几日暖阳，春浅草深。朝阳下，草尖挑起万千只晶亮的小太阳，在丛间摇晃着璀璨。

曲江的水波，推着草的绿浪，漫过了甬道，溢出了公园。从曲江，到浐灞，从二环，到三环。翠嫩的草坪，像不断衍生着的绿毯，覆盖着都市每一寸裸露的黄土。草的姐妹手拉着手，给长安，穿上了一袭生态的衣衫。

城东，白鹿原。庄稼的花儿，满坡满沟，满川满片。蓝天下，绿田间，太阳蘸着金黄的油彩，用宽大的板刷，在春天的长安，刷下了板板块块的彩田。麦苗广阔的背景上，轰然盛开的油菜花，成就着春色中金黄的强悍。从白鹿原，到五陵原，从神禾原，到少陵原，原上原下，远近高低，都有着菜花无声的呐喊。春天的长安，在菜花儿的馨香中醉软。

城南，崔护的桃花，已开过了千年。南庄的风景，成了世人永久的流连。樊川，几番烟雨，蛤蟆滩，日丽花繁。当年桃花，溢庄破户，一行行，一块块，沿着川原、田坡，夭夭繁衍。春天的长安，桃花片片，破篱过界，云蒸霞蔚。紫陌红尘，人面桃花，踏花归来，足上的余香，引得蜂飞蝶翩。

乐游原，鉴真的樱花，满园开遍。"垂樱"打头，紧跟着"野生樱""彼岸樱""红枝垂樱"，万团锦簇的时分，更添了"一夜""杨贵妃"。有花千余株，品类几十种，一园花事重，满城浴芳菲。更如今，唐延路樱花行行，科技路樱花串串，大街上繁枝朵朵，小巷中花儿吐艳。春天的长安，满城放眼，随处可见樱花的笑脸。嫣红、鹅黄、桑紫、宝蓝……春日长安，五彩缤纷，鲜花烂漫。

春天的长安，成了花的阆苑。

第二辑

老师之死

2012年的1月28日，我的一个老师死了。

一张A4纸打印的讣告，白刺刺地贴在墙上。清冷的夕阳下，冷风打着旋儿，撕扯着墙上残存的布告纸簌簌而响。远远近近地，响着年后零星的爆竹声。

我的老师就是在这样的一个时刻走的。

我的老师是一个老牌的大学生，终生站在讲台上。几十年来，他教过的学生无法计算。几十年后，他的许多学生都成了厂长、经理，许多人都是多少万多少万的身价。他只是一个退休教师。

我的老师穷了一辈子。以至多少年了，他的老婆总是和他吵架。骂他无能，他不搭腔；骂他窝囊，他不还口；家里常常会传出老婆出来进去的咒骂声，但总是听不到我的老师的一句反驳。

在他的家里，他有着专属的领地——一间专门供他生活的屋子。其他的空间他没有主权。

时间久了，在大家的理解中，他似乎也就是个无能的人。家里的电灯坏了，他换不了灯泡；厕所漏水了，他请不来水工；液化气用完了，他喊不来换液化气罐的人……家里家外他唯一能做的，似乎就是一天几趟地从单位的开水灶上给家里打开水。往来打开水的人，见面都是说说笑笑。他不，斜腰提着一个大铝壶，扬着另一只手，目光总是斜向地面45度，没有言语。后来学校取消了开水灶，他也失去了唯一做家务的机会。

据说他的儿子还打过他，也是因为他的无能。他的儿子想调进学校，他不会找领导。许多人的子女都调进学校了，他的儿子调不进。在老婆的眼里，他是无能；在儿子的眼里，他是窝囊。

这一切，我的老师好像都默认了。

他经年穿一件涤卡中山装，领扣扣得很整齐。花白的头发，总是梳得很齐整。

经常能见到他踽踽独行的身影，在校园里，在家属区的大路边。他经常一个人走着，嘴唇微微抖动，似乎是念念有词。他一如既往地不和人打招呼，即使面对面撞上了，也一样。有几次，实在迈不过脸面，我问候了他，不想他立即脸上堆笑，亲热无比，好像一直等候着我的主动询问。以后的日子，又遇上了，他又往常如初。

好像是后来又打过几次招呼，也有好多次竟也是没有理会。他还是那么踽踽独行着，双手无处摆放的样子，沿着围墙下，操场边，悄无声息地走着。

前几年，他的老婆去世了，他似乎能活出个样儿来。但儿子当了家，他的地位更低了。他活着的全部价值，就是他那一份还算可观的退休工资。

在我的记忆里，一直是他在课堂上循循善诱的样子：讲台上的他，精神饱满，笑容灿烂，条分缕析的讲解，工整详尽的板书。他每一堂课都有教案，还都是新教案。一门课讲了几十年，他总还是常讲常备。为了同学们抄笔记方便，他常常让开身体，屈膝伸手写板书。他的板书整齐、漂亮，一节课常常写满两三大黑板。白天的上课结束了，晚上，他还要到班上来，辅导答疑。大家有时正在做着别的作业，看到他来了，都赶忙拿出他的课程，以应付他满腔的热情与认真。

　　老师的今世，似乎是专为讲台而生的。不可思议，生活中如此懦弱无能之人，课堂上完全是另一种样子，似乎只有回到课堂上，才会显露出他的本质。

　　退休了，没有课讲了，他成了一个无能兼无用的人。

　　这些年，见他的机会越来越少。他似乎越来越瘦弱，越来越不为人注意了。好多次相对而过，都留不下见过他的记忆。和许多人一样，我对他也渐渐留下了"庸碌无为"的认知。

　　那天，看到他死亡的讯告。不足百字的信息，充当了他的讣文。末了告示：丧事从简，不搞遗体告别仪式。

　　我的老师死了。他死了，很有尊严地选择了一次。这样的选择，在我们这个死过许多高官大款的院子里，前无古人。

　　我没有料到，"平庸"如此的一介儒生，在其人生的最后时刻，能用这样的襟怀，给所有误解他的人，深深上了一课！

　　我终于发现，我原来并不了解我的老师！我突然想检讨我曾经的不敬：最后一次相见，我本该能够询问一下他的。我有这个时间，然而我没有。如果我当时问候他了，他在离去的那一刻，是否会多一丝人间的温暖？

　　我的老师死了，死得很平淡，然而这样的平淡却让我心涌波澜！

　　此一刻，他算是正式下课了。他用他最后的谢幕，给他的人生，画上了一个师者的标点。

　　陈老师，学生给您鞠躬了！

　　一路走好！

看，芦花

你的一声尖叫，我是惊了一醒的："看，芦花！"

是的，芦花！看见了，我顺着你的目光。寒冬里，暖阳下，那一丛芦花，就长在那里。

我的思想，也就跟着摇曳了。

你从秋水之湄的水边来，有关芦花的诗句，也就像漫过芦花的微风："蒹葭苍苍，白露为霜"，是秦人的低语；"十分秋色无人管，半属芦花半蓼花"，是元人的吟唱。你呢？你什么都没说。你只是惊喜地让我看芦花。

此一刻，你所有的劳顿，都在芦花上，轻轻歇息。芦花的魂壳，寄宿着你的心灵。盈盈蓝天，该是你的秋波了；弯弯芦穗，该是你的明眸了。那微微而过的风，吻着芦花，已吹过了千年！

忽然就明了你的狡黠了，你知道芦花是柔软的，但这样的柔软，能将我击倒。

芦花一般的生命，行走到秋天，时间被岁月的河流漂白。没有芬芳，没有娇嫩，那芦花，一丛丛，站立在那里。灰白的一片，素面朝天，干枯的一茎，直立如管。那是墨白的丹青了，简笔的躯体，满贮着盛夏的记忆。

冬阳静默，芦花无语。

无语，就这么悄然丛立。

明天有没有雪？不知道。芦花是不在乎的。芦花走过了春天，走过了夏季，在这秋尽冬初的时节，褪去翠装，把自己立成一片苍茫。不管明天有没有雪，芦花都在调整自己的色彩。那一穗穗的白，晕染着，悄然自觉成远滩，一抹雪的形状。

我知道，河边的苇，已泗渡到江南。河州上，芦花飘飞的时候，你临江的窗口，早已飞过白鹭的身影。

"纵一苇之所如"。那就折芦为船吧，溯河而上。不用导游，不花路费，去探寻秦地的蒹葭。时光如水。我们都不担心，那河州之上，仍开放着祖先的芦花。

听到了，那正是一声声的吟唱。

眼前，正生长着一片芦花。

"看，芦花！"

孙见喜的《书架杂忆》

今天查阅旧资料，翻到了1994年《家具与生活》的合订本，读到了自己当年编发的孙见喜的散文《书架杂忆》。近二十年前的时光，又重新映现出来。

二十年前，就知道孙见喜的文章好了。庞进说，人家孙见喜写的是美文。

1994年，我在《家具与生活》杂志社，约孙见喜写稿子。当时的想法是，孙见喜的文章好，约来了可以为杂志增加知名度；二是孙见喜和贾平凹好，通过他这个桥梁，可以再约贾平凹的稿子。头一篇稿子约来了，那真是叫好。

我们的杂志是室内装饰，他的稿子是《书架杂忆》，正好切题。孙见喜的专业是机械制造，像许多人一样，搞文学是后来的事。你可能想象不来，他能把一件东西的制作，写得出神入化。他写自制蜂窝煤的时候，先写做一件打制蜂窝煤的工具："五寸高的钢桶子，焊两根长把，桶底上向内固定十二根铁棍儿，在带活动把杆的活板上钻九个孔，这就成了一台打制蜂窝煤的土机器。"打制的过程呢?"手操这种机器,在调和成泥膏样的煤堆上用力砸击,煤吃饱了,用脚一踏活板,一块光滑稀软的蜂窝煤便竖在地上。"这样的文字,一赖机械制造的功底,二凭文学素养的功夫!

他写他如何运用厂里维修大礼堂拆下的废木片制作书架。那是他二十七岁的时候,在伏牛山的一个厂子里。"我向同事借了一本甘肃出版的家具图集,又到几位老技术员家里测量了人家书架的尺寸,还到属于自己的那间四平方米的屋子量屋宽墙高。然后,加夜班去技术科里绘图。用革命的理论指导革命的实践。"书架的蓝图绘出来了,孙见喜说"社会主义的蓝图出来了,挂在墙上越看越心醉。"

他说他为此喝了二两酒。

接着,再写他自制木匠工具。机加工车间的车工,优质工具钢顺手就可以得到。他用大砂轮磨出宽、窄、特三号凿子。又自制了一把刨子,刨刃是用钢板磨的。锯子也是自制的,锯条是钳工房的废物。其他还有斧子、钻子、锉子,都是自己动手。为实现有一个书架的梦想,他是真正的白手起家,利用边角废料,从一件件基本的木匠工具开始做起。

基本的工具有了,接下来看他如何利用五块钱买来的一堆废木板条做书架:"我先把木条刨光,又按尺寸截好长短,用熬好的牛皮胶将之粘成合适的木板。再把较粗的木条设计成立柱、横撑,然后凿孔、组装,成骨架。"孙见喜说,骨架立起的当晚,他呆坐了一个钟头。此时的书架骨架在他的眼中,仿佛是一座大楼。这座大楼完全是自己设计、自己施工,尽管摇着晃动,甚至接榫处吱吱作响,但这是他的劳动成果。此时的他觉得,他以他的劳动成果丰富了这个世界,世界从此多了一件家具,世界也因此令他备感温馨。

为此,他说他又喝了二两酒。

此刻,兴奋着的他索性不休息了,连夜大干。他把胶好的木板一层层装上架子，用铁钉砸结实了，再用自制的角钢加固。这样，他的杰作横看竖看都是一样家具，横摇竖摇都是一个整体。他用细砂布把每一层隔板细细打磨，又在每个隔板上贴上了洁白的绘图纸。他把它搬到斗室里试验效果，果然是满屋生辉！紧接着，他还结合居室实际，精密计算，将柜门设计成三扇开，中间的一扇和旁边的一扇用合页连接，重新装成，到位一试："一切尽善尽美！"

此时的孙见喜简直高兴糊涂了，这次不是二两，而是索性将半瓶多酒一饮而尽。

四平方米，就是这样一间小屋，孙见喜头上悬着书箱，身边竖着书架，他觉得自己十分富有。那个年代，物质的贫乏到了极端的程度。每当他半夜饥饿，就起身读书，他仿佛看见自己的书架里，满满地盛着馒头……

这一篇文章，发表在1994年11期的《家具与生活》上，当时反响很大。

记得是初夏的时光，我去拜访孙见喜，是在西门外，一个不深的巷子里。天热，我提着一只大西瓜。孙见喜好客，频频从冰箱内取出冰块，给我加进杯子里。他不时的忙出忙进。冰块盛在一个搪瓷盘子里，一会儿就化了，孙见喜重新又倒入冻冰盒，再重新磕出新的冰块。那一次，谈到了我最敬仰的他的新作《鼓山法雨》，当时发表在上海的《解放日报》上，后来《福建文学》第六期也予以发表，那一篇文章很能代表孙见喜的文学意蕴。那一次，我带了一篇散文，记得是叫《女儿潭》，请他提意见。他浏览一遍说题材很好，适合写一篇长文章。也是那一次，他答应替我向贾平凹约稿。后来，我打着他的旗号果然就见到了贾平凹，在贾平凹当时西大的住宅里。当年的我对贾平凹的散文十分崇拜，我觉得如果见到了贾平凹，都有可能向他跪拜。他知道我是孙见喜介绍来的，收了我的烟，叫我喝他泡的茶，答应给我写稿子。他说他很忙，总是没时间。我介绍了杂志的宗旨，请他有了闲暇和感觉的时候再给我写，贾平凹答应了。但后来，各种原因，终究没有写成。

以后多少年，我远离了文学的圈子。

年前的一次研讨会上，席间的孙见喜激情朗诵了商洛诗人慧玮的诗作《行者》：

"大风吹过山梁，
是谁正走在回家的路上。
风啊，你若从我的故乡吹来，
请告诉我，
村口的老槐树下，
是否站着我的老娘？

大风吹过山梁，
是谁跪倒在回家的路上。
风啊，倘若你能一路吹到我的故乡，
别忘了替我喊一声：娘！"

年届六旬，孙见喜依然赤子情怀，一时弄得满场眼潮，这样又联系上了他。他热情地回忆当年，邀我闲来再聊。后来不几天，我便和孙见喜、何丹萌、孔明、刘炜评等聚会了，一时高朋满座，天南海北，兴尽方归。

今天，一篇文章，让我回忆起当年的孙见喜。

快二十年了，在如今泛称老师的年代里，孙见喜是堪当"老师"这一称谓的！

在女儿婚礼上的讲话

尊敬的各位嘉宾、亲朋好友：

今天，是我们心爱的女儿结婚的大喜日子，各位能在百忙之中参加孩子的婚礼，这是送给我们最好的祝福，我们深深感谢大家！

今天，我们的女儿长大了，要组建自己的新家了，可我的眼前，总是闪现着女儿当年蹒跚学步的影子，回响着女儿童年嬉笑欢闹的声音。回首过去的时光，有许多艰辛，也有许多欢乐，那一串串成长的脚印，曾经给了我们许多的鼓励和向往。女儿从小就很懂事，她是靠着自己的勤奋和努力，一步一步走到了今天。女儿是我们的骄傲！

我们是天底下最平凡的父母。我们很穷，我们只有一个女儿；我们很富，也是因为有这个女儿！今天，陪伴我们二十多年、给予我们无限欢乐的女儿要飞走了，我们在欣喜中又有些失落。但当我们看到女儿和她最心爱的人幸福地站在我们面前，我们又涌上无限的喜悦，因为女儿要开始她的新生活，因为女儿出嫁的同时，我们也同时得到了一个优秀的"儿子"。

今天，两个孩子是最幸福的！在他们人生最重要的时刻，这么多的亲友为他们祝福，这么多嘉宾送他们吉祥，共同见证他们庄严的婚礼，作为家长的我们，也被浓浓的幸福包围着！

孩子，你们今天结婚了，父母没有给你们更多的财富，但你们却给予了父母更多的欣慰。你们将同舟共济，共历风雨，用自己的智慧和勤劳，创造属于自己的美好未来！

孩子，你们今天结婚了。你们有了新家，但还有一个旧家；你们身在国外，根子却在西安。你们结婚了，将更会懂得回报父母的养育之恩。

孩子，你们的结合，是爱神眷顾的结果。"执子之手，与子偕老。"我们就祈求并相信爱神吧，祈求爱神关照你们一生！

最后，我再次感谢大家，我祝福今天所到的所有嘉宾一生吉祥，身体健康，平安幸福！

谢谢各位！

豌豆花儿开

　　麦子抽穗的时候，豌豆就要开花了。

　　豌豆开花的时候，我就会常常想起一个人来，我的那个粉妹。

　　豌豆开花的时候，是从下往上开的。几场春雨过后，豌豆的蔓儿攀着麦秆，"跐儿跐儿"地往上长。豌豆的蔓儿有着葡萄蔓儿一般的触须，亮晶晶的，打着卷儿，在风中轻轻地摇着。它是在寻找可以攀附的东西。一旦蔓的尖儿触到了竖直的麦秆或横斜的麦叶，蔓儿就像水下的八爪鱼触须，一下子就缠住了对方。就这样，豌豆的蔓儿缠着麦秆麦叶，蓬蓬勃勃地伸展着身姿。

　　那些年，生产队的麦田里喜欢种豌豆麦。据说豌豆和麦子搅在一起种，两不耽搁，还能高产。常常地，我们上学经过的一片片田野里，就种有豌豆麦了。豌豆开花的时候，碧绿的麦田里，上上下下缀满了翅翼翕动的小蝴蝶。豌豆开花的时候，好像是"啪"地一声爆开的，那花瓣就是炸开一般的形状。豌豆的花儿五彩斑斓：有紫的，有粉的，有红的，还有白的。一朵一朵，在田垄里招摇。大人们"抓革命，促生产"去了，忙得眼中无花。倒是我们这些小娃们，知道是哪一天的早上，豌豆们开花了。豌豆开花了，我就会揪上一朵，戴在粉妹的头上，我们就蹦蹦跳跳地上学去。

四月的天气，娃娃们的嘴中能淡出鸟儿。粉妹就会说，我们揪豌豆蔓儿吃吧？粉妹小我一岁，我们同在一个班。粉妹长得叫人心疼，两只眼睛像一对黑葡萄。小时候我们一起玩过家家，粉妹说等她长大了，可以给我当媳妇，不知我要不要她。我说我要哩，我要哩，为表决心我还和她亲了一下嘴。粉妹就笑了，一笑右边一个酒窝。粉妹说你现在还不能亲我，等我们长大时结婚了，那时候你才能亲。我就说人家脸上都是两个酒窝，你咋只有一个呢？粉妹就说她原来脸上是有两个酒窝的，但因为她妈缺奶水，她的另一个酒窝就没有发育成。粉妹人小，胆子却大。她说揪豌豆蔓儿，就敢偷偷地钻进地。我则常常是蹲在地边，给她望风。粉妹揪的豌豆蔓儿，常常装满了两衣兜。她猫着腰从麦垄里出来，脸上就带着嘻嘻的笑。粉妹给我掏豌豆蔓儿的时候常常很慷慨，说是让我多吃些，说她是女娃家，肚子小。说是豌豆蔓儿，其实是豌豆的花苞。层层的叶子包裹着，里边就是花儿的心了。如果过上几天，花心绽开，就是一朵朵的豌豆花了。这样的嫩蔓儿，翠绿、香甜，咯吱咯吱的在我们两人的口中嚼响，常常吃得我们嘴流绿沫，这是当年那个季节里我们最美的水果了。后来，我也胆大了，可以跟着粉妹一起进地，再后来，我竟可以带着粉妹进地，而且还敢钻得更深。因为最里边儿没有伙伴们来，豌豆的蔓儿更大更美，最里边，往往也最安全。

粉妹的头发常用一绺花布系着，她忽闪闪地跑过来，很像一朵花儿。我就笑说她是豌豆花儿。

豌豆花儿开过了，枝头就会结出豌豆角。最初的豌豆角是扁扁的、嫩嫩的，顶端带着个白色花衣。等到白色的花衣褪去了，豆角就长长了，长鼓了。里边的豌豆一天天长大、胀圆。等到豌豆的豆角鼓鼓地垂下尖头，就可以摘来吃了。豌豆的豆角，是孩童们当年最好的吃货。等到豌豆结荚的时候，大人们就知道地里的豌豆需要人来看管了。那个年月，不但娃娃，大人们也馋豌豆角。为防止未成熟时就遭人们祸害，生产队往往要派人专门看护豌豆。看豌豆是当时生产队里最美的差事，一是可以不用出力就轻轻松松地挣工分，二是可以大饱肚囊，天天管饱地摘吃豆角。因为他就是看护豌豆的，他想怎么摘吃就怎么摘吃。那时看豌豆的人，衣兜常常是鼓鼓的，总是满满的装着豆角。逢到相好的人，暗地里掏给一把。也有知情的相好者，一看朋友的衣兜鼓鼓的，就会乘其不意抱住腰，抢劫他兜里的豆角吃。

粉妹和我都是偷豆角的好手了。有时候天都黑了，外边还下着雨，粉妹就敲开了我家门，撺掇我和她一起去偷豆角。我说下着雨，天又黑，外头都是泥。粉妹就说这个时候才要偷呢！夜晚下着雨，看豆角的人早就回家了，咱们正好偷个美。这样说的时候，我的口水就又下来了，就想象着偷回来的一大堆豆角。很快我们就倒出了书包里的书，各自背上一个空书包，顶着细雨，抹黑钻进了豆角地。麦地里，早就被人钻成了一条条的开顶地道，路边的豆角很少了，我们就一直往里钻。里边的豆角果然又繁又饱。我们一边摘，一边往挂在脖子上的书包里塞。天黑看不清，就凭着手感摘最大最饱的。一边摘，心里边却由不得咚咚打鼓。因为常常也有看豆角的人，专意守在一处，诱惑惯偷们上网。有人摘得一大包豆角，已钻出麦田了，却被活活生擒了。只要未进自己家门，偷窃者都是存在极大的危险。粉妹极有心机，总是能大胆判断，机智行动。好几次，我们都是化险为夷。那晚，我们摘了两书包的豆角。当晚我们吃着豆角，在十五瓦灯泡的照耀下，写了半夜的作业。

等到豌豆都结了荚，豌豆的花儿就从顶上谢了。这时的豌豆秧子变老，豆角成熟。这一个时期，豌豆是不能偷着生吃了，但可以偷来煮熟了吃。可以说，从豌豆出苗开花的时刻起，豌豆一生都是人们偷窃的对象。开花的时节人们偷豌豆蔓，结豆角的时候偷豆角，老了的时候还可以偷，偷了回家煮了吃。不过最后一个偷窃期时限很短，前天刚偷着煮了一回，三天以后再去偷就老了，咬不动了。这个时候，豌豆就只能等着上场了。

那一年，偷老豌豆的时候，粉妹被她爹狠狠打了一顿，头上起了两个包。她爹喊着说一个女娃家，家里又没把你饿死，你这样给我出门丢人！我替粉妹抱屈，其实那次是因我她才去偷的。她偶然听我说玉米面馍吃得人心里发酸时，就暗暗决定去偷些老豆角来让我煮了吃。

后来，初中上完了，我们就都失学了。这个时候我们都大了，有时想起童年的趣事，彼此都有些不好意思。这个时候，粉妹完全成了一个大姑娘，出落得十分漂亮，她和另外一个好友走过，路两边都是回头看她们的人。再后来，我们路上见了，也都是远远地望一眼。这以后，我去了水库工地，我们再也没有见过面。

在一个豌豆花开的时候，粉妹的妈给粉妹介绍了一个对象，小伙子是个当兵的。粉妹的妈很能行，两个姑娘，大姑娘就嫁了个部队的，二姑娘的粉妹也找了个当兵的，据说小伙子很快就要提干了。粉妹一听不愿意，说她还小。粉妹的妈就说女子是家里的客，能长不能留，留了结怨仇。况且过了这个村就没有这个店了。

再一个豌豆花开的时节，粉妹被她妈引着，到四川的部队去结婚了。

后来我考学进城，永远地离开了家乡。这以后多少年，再没有看到过豌豆开花。童年的往事，像豌豆吹落的花衣，在风中，飘了很远很远。

去年，在陕南的深山镇安，我惊喜地见到了童年时候的豌豆花！不多，坡坎上，纯粹的一片。我好奇地摘下一朵，捻在眼前，那朵儿蓝紫的，笑笑的，是粉妹的脸。

几十年没有见过粉妹了，我想象不出她后来的模样。后来听说她和那个当兵的生了四个娃，人被拖累得很瘦。我知道我今生是再也见不到我的那个粉妹了。

后来她病了。

据说放弃治疗的决定，是她做出的。她说她不能为了自己的病，让娃们再背上一辈子的债。她离开的时刻是在十一月。冬天的月份，她央求孩子们能给她摘来一把豌豆角！

如今，四月的天气，有豌豆的时候，豌豆就要开花了。豌豆开花了，可如今的孩子们再也不用去偷揪豌豆蔓儿、去偷摘豌豆角儿了。

昨夜我做了一个梦，梦里是一大片、一大片的豌豆花儿。

豌豆的花儿，开在四月的风中。那紫的、粉的、白的花儿，永远地开在我的童年。

又是一年杏儿黄

"算黄算割"叫的时候，树上的杏儿也就该黄了。

杏儿黄的时候，我们三个玩伴就要一天几次地往村子南头的院子跑。说是跑，其实是溜。不敢出声，沿着墙根，刺溜刺溜地往前溜。溜过去了，一个个屁股背后就是一片脏土。村南头的院子里，长着一颗杏树。也不知道是哪一年长的，树很高、很大。圆圆的树叶上，前边一个尖儿。密密实实的叶子，在风中一摇一摇。一不小心，叶子摇过了头，就露出后边的黄杏来。再仔细一看，就又会露出一个来。我们三个脑袋挤在墙角边，六只眼睛在树叶间来回搜寻，牙齿间就开始涌出酸水来。突然的一声："做（zou）啥呢！"我们的魂儿就散了——妈呀，灵儿她婆在呢！我们四散而逃，噼噼啪啪的跑步声中，争科就摔了个爬扑，我的头也在墙角的砖柱上撞了一下。我们都顾不上了，疯了一般地跑。转过一个街道，知道灵儿她婆没有撵过来，就不跑了，三个聚首了，就嘿嘿地笑。胸腔里的那只兔子，还在扑通扑通地跳。

争科说，他先一天在那棵树下拾了一个杏，是真的，是风吹下来的。我们就信了，因为他手中有杏核作证。他说这话的时候，嘴张着，一个眼皮还不停地跳闪着，似乎正吃那只屁黄的酸杏。于是，我们就都期盼着刮风。刚刮了一阵风，我们就忍耐不住地想像，应该有杏被吹下来了。于是我们就忍不住地要偷着过去看。去了好几次，地上都是光光的，并没有杏落下来。我们的双眼就在地上搜寻，搜寻瓦渣。瓦渣最好是三角形的，发现了，我们就执在手中，在食指与拇指之间夹住，来回闪三回，第四回，一甩胳膊，手中的瓦渣就飞出去了，朝树上的杏儿飞去。常常就打偏了，离树几丈远。有时巧了，瓦渣飞到了树枝间，打下了几片叶子。争科的瞄头准些，几次都差点击中了。正当我们四下寻找瓦渣做子弹的时候，一声"做（zou）啥呢！"灵儿她婆发现了我们。她发现我们打她的杏，大喝一声。那声音如铜锣裂了纹，响亮中夹杂着沙哑，我们的头皮就炸了。我们像是鸟儿被轰了一声，四散而去。

灵儿她婆像只黑鹰，双手拄着一根拐杖，经常在她家的门边站着。她一年四季上身黑，下身黑，头上还顶着一只黑包头。两只黑黑的眼睛，在她黑瘦黑瘦的脸上嵌着，骨碌碌地转。杏黄的日子里，她随时都会守候在她的院子里，护着她那颗高大的杏树上的杏。

灵儿长得很白，比我们大，胸脯鼓鼓的，一说话就笑。灵儿她婆却很歪，她的脸好像从来没有笑过。她对所有的孩子似乎都是大声呵斥。一见有孩子进了她的院，她都要大声喝问"做（zou）啥呢！"我们都害怕她婆，但又都馋杏，就缠着灵儿要杏吃，灵儿其实也想吃，一次经不住我们诱惑，就偷偷扛出了后院里的长竹竿，准备偷偷的打杏。刚出门道，门道炕上的她婆就发现了，隔窗大喝一声"做（zou）啥呢！"，灵儿吓坏了，扔下竹竿就跑出了院外。

有一年，杏熟的一天晚上，刮了一夜的风。一大早，灵儿竟然意外地给我送来一只杏。那杏儿有鸡蛋大，黄黄的，旁边有一个虫眼。灵儿说她婆说了，一夜大风刮落了杏，捡拾了，一家的娃们给一个，让尝尝鲜。我舍不得吃，把那只杏握在手中睡了一晚，第二早才开始吃。但我没有吃成：当我掰开大杏成两瓣的时候，一条肥白的虫正在杏肉上蠕动……

当年的那棵杏树，至今不知道属于什么品种。杏结得很稀少，但个头很大，灵儿的婆说那杏叫"鸡蛋杏"。确实是鸡蛋的样儿，个儿很大，核儿也是甜的。麦子上场的时候，灵儿家的杏也就黄透了。灵儿的婆就要招呼灵儿的爸，把黄了的杏卸下来，装在躺笼里，趁天刚亮的清晨，拿到镇上去卖了。那熟好了的亮黄亮黄的鸡蛋杏是什么味道，我们不知道，灵儿说她也不知道。她只吃过几只熟烂了、无法卖出去的杏，那个甜……灵儿说到这，脸就缩成了菊花。

灵儿她婆是在有一年杏黄的时候死的。那一年的杏结得实在繁。杏黄了，浓密的树叶间处处显现着杏的身影。可一直驻守照看着那些杏的黑鹰一般的灵儿她婆，却是再也看不到了。

安埋灵儿她婆的时候，灵儿她爸才发现，那些年，灵儿她婆卖杏攒下的钱，竟有了一百二十块！灵儿她爸说，早年的村上常有婴儿夭折的事，弄得家家心慌。灵儿她爸其实应该是姊妹六个的，四个中途就没有成人。其中最是他的四弟，聪明伶俐，十四岁了，得了怪病，几天就一命归阴。灵儿她婆眼泪流干了，脾气从此也变了。后来村上来了一个道人，说村上有邪气自西南来，于子孙不利，禳治的办法是在村南口筑三丈墩台。灵儿她婆深信不疑，说她要想办法凑些钱。灵儿她爸没有想到，他的老娘竟然通过卖杏，攒了这么多。后来，三丈的墩台修好了，大部分的费用来自灵儿她婆。也很怪，墩台修好以后，村里再也没有婴儿夭折的事情发生。

如今，几十年过去了，当年的墩台早没了踪影。灵儿出嫁了，争科去了美国，我也离开了故乡。那一棵杏树，随着村子的拆迁，也永远地消失了。这以后多少年，我再没有见过那么大的杏，那种"鸡蛋杏"。

"算黄算割"叫的时候，树上的杏也就该黄了。杏黄的时候，我就想起童年村子里那棵杏树。我的耳边也就会响起灵儿她婆骇人的呵斥声："做（zou）啥呢！"

据说，灵儿她婆入殓的时候，穷得被单盖不住脚！

052

独坐曲江

曲江，高高的祈雨亭下，我一人独坐。

一人独坐的时候，夕阳开始迫山。南天，飘着猩红的云朵。湖面上起风了，吹来了，粘着荷叶的清香。一牙指甲淡月，出现在东边的天幕上。

一人独坐。

独者，孤也。孤者，寂也。孤寂的时候，守一方心田，倾听洪远的过去，走来脉搏的声音。老子说："清静物之正。"庄子道："水静犹明。""独"了，方可得"静"。一"静"得"正"，再"静"得"明"，"正""明"皆得，心神自安矣。

久久没有独处了。此一时刻，远了江湖上的纷争，疏了红尘间的恩怨，便觉得，寂静之时，能得大道宏音，静坐之处，方纳天地万境。于是就想到摩诘了。王维深居辋川，独坐幽篁，弹琴长啸，明月相伴，便知王维是最懂得独处之精髓了。于是，目中就有了子期的陶醉，耳中就有了伯牙的丝弦。于是，满面清风中，就听曲江的南岸，飘过来皮日休的《醉渔唱晚》。

一人独坐的时候，就看见了终南山上飞过来晚归的航班。太阳落山了，蓝天上，移动着一枚银亮的"发卡"。嵇康当年送家兄的时候，手挥五弦，目送飞鸿。眼下，归林的鸟中，似乎仍见寒鸦点点。

独坐的时候，就有些心如止水，不波不澜；独坐的时候，又可以默察万类，心游八荒。正如程颢所言："万物静观皆自得，四时佳兴与人同。"于是，不由得又和伯淳一起"道通天地有形外，思入风云变态中"。

独坐唐代的曲江，不由得与唐代的诗人相会。于静坐独思，岑参有诗说："心澹草木会，兴幽鱼更通。"杜牧有诗说："草色人心相与闲。"可知草木与人，静闲相通。此时，身居高亭之下，见四周翠草之外，复有满目青松。于是，又记起白乐天的《松声》来。白居易也喜欢独坐，静卧听松："西南微风来，潜入枝叶间。""寒山飒飒雨，秋琴泠泠弦。"竟夕难寐中，虽然"南陌车马动，西邻歌吹繁"，然而"谁知兹檐下，满耳不为喧"。

湖面上的风，一次次吹过。此一时分，独坐小亭，似终南结庐，独面千峰，心萦万壑。于是便似山中老道，鬓发蓬松，颓然兀坐，感积劫尘劳，皆一洗而尽矣。

时闻傍晚的市声，远远地喧嚣。夜幕降临，四野开始变得模糊。我和身旁的小亭一起，融入一片苍茫。

大明宫的蛙声

没有想到，壬辰初夏的一夜，在大明宫遗址公园的太液池畔，竟然听到了蛙声！

中天，飘动着一牙明月。牙月如镰，割净了天上的每一丝云彩。星星就蹦亮了，在蓝蓝的天幕上，像割断了的激光断面。湖面上起风了，在远处霓虹灯的映照下，水面抖动着一波一波的五彩。芦花抽穗了，三支五支的，在水边摇曳。密扎扎的水草，在夜幕中拥挤着，沿着湖面迤逦而去。远处，一阵阵的舞曲，时强时弱地飘来，近旁，三五游人，在斗折的廊桥上，款款移足。

天够黑。夜够静。我和友人，坐在廊桥的栏凳上，沐月浴风。

"咯—咯—咯—"，突然，背后的水草里，传出了蛙鸣。我惊呼了一声："青蛙，这里有青蛙！"我当时觉得是自己的耳朵出了问题，疑惑中寻找着蛙声的来源。友人呵呵地笑了，说："带你走了这么远，就是想叫你听听这里的蛙声。你听这蛙声，多美！"我是在这样一个初夏之夜，和朋友拜访友人的。吃过晚饭以后，我们散着闲步，就来到了这样的一个所在。友人事先没有说破，他是想在不意之中给我们一个惊喜。听到蛙声的那一刻，我是真的惊喜了，惊喜几声蛙鸣，让我一下子回到了童年。我的记忆里，似乎三十多年了，很少再听到青蛙的叫声。最近一次听到蛙鸣的，还是在前年，不是在西安，而是在平利。安康的平利距西安四五百公里，那年的清明节，我和朋友去了那儿，傍晚在山庄的露台上听到了蛙声，可那毕竟是偏远的山区。如今，身在闹市，竟也能听到蛙鸣，使人惊喜的同时，不知身在何处。

"咯—咯—咯—"，青蛙又叫了。同行的另一个也惊喜不已，起身弯腰要去寻找青蛙的所在。友人就说了："青蛙是在找朋友呢，看看有没有同伴的存在。""是吗？青蛙是要找对象吧，谈恋爱吧？""是的。找见了，谈上了，叫声就又不一样了。"同行的跺了几下脚底的木板，想搜寻青蛙的身影，蛙声瞬间就止息了。友人就说了："青蛙灵得很呢，听人来了，它就不叫了。人走远了，它们就又会叫起来。"果然，周围的行人渐去渐远，第一只青蛙又叫了："咯—咯—咯—"，它是在发出试探性的信号。这时，周围是一片静寂，风儿就大了，一阵清风吹过，四周的水草发出窸窸窣窣的声音。突然，另一个方向的青蛙也"咯—咯—咯—"地叫了。短寂过后，前一个"咯—咯—咯—"，后一个也"咯—咯—咯—"，北边水中的"咯—咯—咯—"，西边水中的也"咯—咯—咯—"，再于是，南边的，东边的，前一声"咯—咯—咯—"还未止息，后一声"咯—咯—咯—"又压了上来。如此前后左右、远远近近，"咯咯"之声不绝。青蛙们开始了它们的大合唱。我们就都有些醉了。

天籁啊——有这样的叫声润耳，嘈杂惯了的耳膜，此刻也变得清灵纯净了。

青蛙的演唱，进行了一个乐章、又一个乐章。我们都不忍说话，只想就这么静下来，把这静下来的时空，全部都交给青蛙。

青蛙的叫声，在风中飘起，在空中回荡，风儿一刮，向远处传去。

多美啊，这青蛙的叫声！如是，我们欣赏了一场，又欣赏了一场……

青蛙的叫声有好多种。发出这种"咯—咯—咯—"的，是一种绿线黑背的大青蛙。这种青蛙体大、健美、腿长、跳跃远，叫声常常是单音节的"咯—咯—咯—"。这样的叫声让人觉得健康、雄性、霸气。还有一种体型小的，灰皮白肚，叫声常常是"呱—呱""呱—呱"，柔柔的，带着弧线。一叫，嘴巴下鼓起一个白包，尖头一扬一扬。有时是在傍晚的天气，池塘的边上，这些青蛙一叫，夜幕下星星点点的，能看到他们圆圆的白色。于是知道，每一个圆点，就是一只青蛙了。这些个青蛙一叫，天常常就要下雨。又有一种青蛙的叫声，似乎是大型品种中的王者。它们蹲在池塘的崖上，窝的四周都是光溜溜的。一有风吹草动，它们就会"嗖"的一声，跳进下面的水中。平时，它们蹲踞在自己的窝口，闭目养神。精神头来了，它们会昂着头，底气饱满地发出叫声："咯儿—咯咯咯"，"咯儿—咯咯咯"。起声以后，是一连串的颤音，叫人猜想这样的青蛙学俄语，发音会有天然的优势。这样的叫声响起来，能引起池塘上空气的颤动，在静夜里，传出很远。

繁殖期间的青蛙叫声，是另一番景象，缠绵悱恻、热烈亲密。口头语言之外，常常还伴有肢体语言。在水里，有翻水声，在草中，有相扑声。这样的声音响起来，透漏着天然的野趣与和谐。

今夜青蛙的叫声，是"咯—咯—咯—"的一种。这叫人想起回民街卖工艺品的摊位上，一种木刻的大青蛙。一把锯齿形的木条，顺着凹腹青蛙的脊背一拉，就发出一串串"咯—咯—咯—"的叫声。细究，极像，只是略显干燥，若能添加一些水分，正是今夜的蛙鸣了。

很少专意慰劳耳朵。不想，今夜，天籁之音的蛙鸣，如鹅绒轻扫，似银丝轻弹，把耳管滋润得熨熨帖帖，把耳膜扣鼓得弹复自如。多年嘈杂喧闹的尘垢，此刻也被清理得一尘不染了。忽然就悟到"天籁益于聪"

的道理。

夜有些深，风中有了明显的凉意。我们起身返回的时候，四野一片寂静。走远了，身后偶尔还会追来几声蛙鸣，悠悠的。让人猜想，这些青蛙该是唐明皇时，太液池那些青蛙们的子孙。

此时，月牙西斜，繁星满天。

那一夜，我的梦里，一片蛙声。

友人者，朱文杰先生，同行者，朱夫人、一平、金昕是也。

风从太白来

  今夜，壬辰五月的一个夜晚，我站在太白山口一山庄的护栏旁，沐浴着下山的晚风。

  半山腰的这个山庄，有公路盘旋而上。山庄的正面，迤逦的石栏围砌着一条宽敞的台面。天黑了，石栏顶上的霓虹灯亮了，黄白蓝绿的，一闪一闪。石栏之外就是山坡，倚栏而立时，就有清新的山风拂面而来。

  好久没有吹过这样的风了。

  隔着一条汤峪河，对面的高山黑魆魆的，沉重地堆成了一个轮廓。不远处的另一个山庄，游客们开着篝火晚会，一阵阵的，就有歌声传来。时不时的，有小汽车从山下的公路驰过。雪亮的灯光像两把利剑，在夜幕中横扫。一转过弯，就又消失在黑暗中。

  汤峪河在山下流淌，哗哗哗地，有水声传来。水声一大，风就跟着上来了。风从水上来，水声就忽大忽小；水在风中流，风也就忽强忽弱。风沾着水皮儿，风就润了三分；水傍着风翅膀，水就有了凉意。身旁的杨柳飘动了，弯弯的枝条在风中荡；坡下的白杨拍手了，哗哗的叶子像婴儿的手掌。对面山顶的星星亮了，蓝天的幕上，是擦得晶亮晶亮的冰粒子。下弦的月牙在云丝中飘着，一闪一闪的，像一柄弯弯的镰。

"亲爱的，你慢慢飞，小心……"下游山庄的露天卡拉OK声，突然被风呛了回去，"蝴蝶"的翅膀，在风中就被吹斜了。风，就这么一阵阵地吹着。远远的，就见那篝火轰地一声往上窜了一下，火星随风逝去。山口的镇上闪着灯光，喧闹的市声忽大忽小，在夜的轻波中，一阵阵摇曳。

此时，山庄的客人们大都回到自己的房间，室外的台面上少有游人。我踱步到台面的端头，一人享受这难得的清凉。

一婀娜的女子慢慢过来了，手执一柄纸扇，窈窕的腰身在风中也就摆成了杨柳。女子如丝的秀发，在肩头飘荡。遗憾女子的眉目，始终不能看清。女子在不远的前方站住了，胸倚栏杆，身子，便绷成了饱满的曲线。女子欣赏着这太白的夜色。风从女子的面前吹来，风中就有了淡淡的香味。

楼上的露台上，有两桌人在打着麻将。房间里的人们，各自兴奋地愉悦着。也有的房间不知户外清凉，开着空调机，呼呼呼的机器声中，热闹地说笑。此时，户外的台面上，却是一片清净。

没有别人了，宽宽的台面上，只剩下女子和我。女子和我，便一起沐浴在太白的风中。太白有七女峰，是传说中的七仙女变化的。今晚的夜中，贪玩的七仙女哪一个会不会趁沐浴完毕，在太白的风中，一路游玩至此呢？

风吹来了。风像水，清凌凌地，从人露出的胳膊、前胸、面颊上的汗毛顶漫过。汗毛们在轻风的梳理下，倒向了一边，皮肤就麻酥酥地，有了仙羽轻抚的快感。一身的暑气，不待从毛孔中冒出来，就被这清水一般的风，悄悄地带走了。风是很想留住户外的人们的。风讥讽着躲在房间人们的谬误。风是给青睐它的人们更加的体贴了。

风一阵一阵的吹着。吹得四周的夜，越发的宁静。

风是从太白主峰吹下来的。风经过了太白的积雪，拂过了冰川的石河，穿过了如铁的冷杉，钻过了茂密的丛林，贴着峭壁，顺着沟壑，一路蜿蜒，徐徐而来了。风，便是山林之气了。

山林之气的风更凉了，我的肌肤竟有些冰冷。然而，我还是不愿回去。

不知什么时候，妙龄女子已经悄然离去。我这才发现，空落落的台面上，只剩下我独自一人。于是作想，太白的仙女们，大约都是来无踪，去无影的。

风从太白来。

今夜的风，吹醒了我十年的尘梦。

菜生太白

菜们生在了太白，算是生到了好地方。

没有来到太白时不知道，高山上的太白县，竟有这么好的菜地；这么好的菜地，长着这么好的菜。龙年暑期，几位作家艺术家来到了太白县。

在太白县说菜，首先让人想到的是首阳山上采薇而食的伯夷叔齐。在太白主峰的东北面，就是首阳山了。诗经《采薇》中有言："采薇采薇，薇亦作止。"这里的"作"是生长的意思。是说薇采了又采，薇菜冒出了芽尖。经考证，"薇"是当年一种野豌豆苗。豌豆苗自然是采过后又会长出新芽的。当年的首阳山包括太白主峰的四周还有什么野菜，不知道。只知道三千多年后，令伯夷叔齐们想不到的是，他们当年采集野菜西邻的太白县，竟成了一个蔬菜的王国。

雨刚刚下过，路边的田野里一片清新。如洗的青山湛蓝湛蓝的，如纱的白雾，在山腰间缭绕。一片片的菜地，就在这山脚下、溪流边，铺展开去——好可心的菜啊。不时地，就有满载蔬菜的卡车从身旁驰过。

菜地里，是四散的菜农。一辆辆小车上，菜棵垒得像小山包。去往县城的路边，不时会出现一些大棚，大棚下是一堆堆的菜山。一辆辆的卡车在这里装菜。装满了，用黄色的帆布包好顶部与四周，司机上车发动油门，就开始上路了。从这里，太白的蔬菜走下山，走向了四面八方。

更让人惊讶的是参观太白秦岭蔬菜公园。智能的温室内，各种蔬菜让人眼界大开。应该说明的是，如今老百姓餐桌上的菜，大都是经过野菜的驯化和从外域引进栽培的。比如茄子，说汉武帝一辈子没见过茄子，李世民一生没吃过长条茄子，都是对的。因为茄子是公元4-5世纪才从印度传入中国的，最初都是与野生相似的圆茄子，一直到元代才培育出了长形茄子。太白的温室里，就有各种新的茄子品种。再比如辣椒，如果说秦始皇的将士吃着油泼辣子征战六国，就让人笑掉大牙了。因为辣椒是明代时，从丝绸之路传入中国的，而青椒在中国的栽培也才是近一百年的事。在太白县的蔬菜温室里，辣椒的品种可谓林林总总。有一种"京彩紫尤"的辣椒，外形、质地都酷似牛角，让人惊异。从中国航天太空基地引进的"航椒三号、四号"品种，果实硕大，形状可爱，色彩也十分艳丽。"金彩玉妃"也是名副其实，有大家风范。更有一种"太空五彩椒"，椒体小而圆，向天生长，五彩斑斓。如此多的辣椒品种，垂垂而挂，玉玉而悬，不烹而勾人食欲。辣椒之外，还有番茄。番茄是当今的主要菜品，但番茄是明代时才传入中国、清代末年才被广泛食用的。太白温室的番茄品种种类繁多，果实各异，本土培养之外，不少也是从国外引进的。单听听名字就叫人向往："京丹绿宝石""优选黄圣果""粉冠一号""黑樱桃番茄"等。还有一种"京丹6号番茄树"的番茄，植株似树，果实小而圆，十分的惹人喜爱。这些品种要推广开来，百姓的餐桌可就更为丰富了。

温室之内，还有一片无土栽培区，这里的蔬菜一棵一棵地种在水上，不用土。这叫人想起古人针对不同蔬菜采用的不同栽培方法。一晋人所著之《南方草木状》中有过这样的记载："编苇为筏，作小孔，浮于水上，种子于水中，则如萍根浮水面，及长，茎叶皆出于苇筏孔中，随水上下。"这样的浮水栽培，如今被科学家们赋予了新的含义，菜下的水改成了营养水。这样不但可以浮水栽培，还可以通过管道，向空间发展，蔬菜的栽培在单位空间里有了更大的收效。秦岭蔬菜公园不但有温室，还有日光大棚。在一个大棚内，肥绿的大南瓜叶后，卧着一只牛犊一般的大南瓜，引得一行人驻足仰身。

太白的蔬菜这些年之所以迅速出名，一是这里是高山菜区，蔬菜的品质和营养好；二是这里的蔬菜种植真正做到了无公害。在大田里，有一种黄色的方形板矗立在菜田中，经采访才知道，这是一种叫作"诱虫板"的设置。太白县由于海拔高，本身虫子就少，加上这种"诱虫板"，虫子大多被粘附在上面了，所以菜田里基本不用打药。这种"诱虫板"之外，还有"诱虫灯"，也是同样的效果。这样一不施化肥、二不打农药，自然保证了其"绿色""无公害"的品质。

"谷不熟为饥，蔬不熟为馑。"自古以来，蔬菜就是人们生活中的主要食品。在讲究健康饮食的今天，人们对蔬菜的依赖仅次于粮食。而"绿色""无公害"蔬菜，在污染、化学物质残留日益严重的当下，最是老百姓所期盼的。

菜生太白，是蔬菜们找对了好地方；是好地方找对了农业生产的好品种。

历史上，后稷教民稼穑，后稷在后来被人们尊为农神。谁来教民在太白种菜，于太白的乡民们来说，他就是太白人心中的菜神了。

归来之后，首餐即食太白带回来的高山蔬菜，真有些不盐而味、不油而香的味道。

菜，是要真生出个"太白"了！

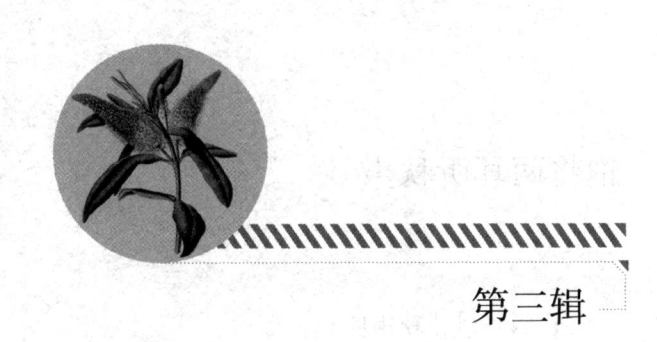

第三辑

饱将两耳听秋声

　　白露一过，秋声四起。

　　秋声起来的时候，是在夜阑人静的时候。你不记得是哪一夜、哪一刻，窗下的秋虫，陡然就开始叫了。你不由会一惊，好像这叫声还是去年那只发出的，依然是那么熟悉的声调。开始只是试唱，等待清利了嗓子，接下来的叫声就清脆多了。先是一只，继而是两三只，等一阵轻风吹过，此时的秋夜，就是一片秋虫们的天下了。这时，秋虫的鸣叫就把你的思绪拉得很远：那远远的原川，远远的童年。那明月映照的河川里，就走着打草归来的你和你的那些伙伴们。耳边有秋虫鸣唱，脸边有丝丝夜风。前方传来村庄的狗叫，还有飘飘忽忽的母亲的唤儿声。秋虫们一路唱着，引导着孩子们走上回家的路。秋虫把秋夜的月亮叫得很高，秋虫把回家的路叫得很长。秋虫声中，清露就下来了。清露在秋声中，打湿了远远的童年。

　　秋声起来的时候，是在黄叶飘飞的时候。"况属高风晚，山山黄叶飞。"风吹树叶，是又一种秋声。秋天的风，给树叶涂满了色彩。秋风吹过来的时候，树叶们"哗哗哗"地鼓着掌，风中的秋声也就色彩斑斓了。树叶舞动着，像是婴儿的手。树上的秋声带着韵律，有起伏，有高潮。当一棵树的叶子搅动空气时，其他树的叶子也就跟着搅动了。秋风过莽原，人静秋色晚。树上的秋声，一天天开始变老。明亮的秋阳下，就见片片叶子离开枝头，左边一划、右边一划地，从空中飘落。路边小径，落成了蓬松的彩毯。秋声中，就传来孩子们挥舞扫帚的声音："哗啦、哗啦"。落叶们在"哗啦"声中，集成一堆又一堆。秋声里，夹杂着孩子们沉重的呼吸。这堆堆秋天的彩笺，被压缩了、装进了一只只过头的背篓，倒在了自家场院上。天晴的日子晒干了，就垛成了一冬的温暖。秋风一天天吹着。当秋风终于吹得大雪掩径、寒夜闭门的时候，这秋天的落叶，在农家的灶膛和炕洞里，哗哗啵啵地，燃烧成苦寒中热火的日子。

秋声起来的时候，是在秋雨敲窗的时候。秋雨淅沥，雨脚不绝，雨击玻璃，丁丁有声。此时，城中住宅的窗前，斜雨在一片空濛中，划出一道道亮线。秋雨声中，敲出早年乡下一个个场面。阴霾的天空中，秋风搬着云朵。天空越来越重，云朵越来越低。"噗"的一声，一滴雨，冰凉凉地敲打在窗纸上，风就起了。风起了，吹得院里的鸡毛翻了过去，吹得院里的泡桐阔叶落地。噼噼啪啪，一阵冷雨扫过。猪进窝了，鸡上架了，狗从门外进来，躬身抖了抖身上的土，卧在门道里看下雨。这时，雨们熟门熟路地落下来了。落下来了，就没有离开的意思。很快，房檐水下来了，在檐窝儿滴成了水潭。檐窝儿满了，檐水在水面上敲出一盏盏水泡儿，晶亮亮的，又一盏盏炸灭。秋雨被秋风裹搅着，凌乱地飘落，纸窗的下半部就湿了。有调皮的孩子用手指捅破窗户纸，瞄着窗外一片水雾天。秋雨，就这么下在心里，下在了童年。

秋声起来的时候，是大雁飞过头顶的时候。如今，大雁的叫声很少能听到了。但倚窗远望，只要你专注，在蓝天的视野中，你还会看见大雁的影子。还有那叫声，在天上"呱呱呱呱"地响。"秋天到了，一群大雁往南飞。一会儿排成个人字，一会儿排成个一字。"琅琅的读书声，飞出童年的教室。雁叫的时候，伴随着白霜；雁叫的时候，也还伴随着蓝天。清晨的雁叫，在伙伴们上学的路上，总是传得很远。空中的雁叫，把个秋天叫得很高；远去的雁叫，也把雪尖的南山，叫得很蓝。大雁们叫起来太阳，大雁把太阳驮在自己的背上，在孩子们的眼前，亮灿灿地升起。天上的大雁，年年叫着。天上的雁叫，把孩子们的个子，叫得越来越长。大雁细长的嗓子里，咕噜出一个个秋天的日子。

秋声起来的时候，是风过芦苇的时候；秋声起来的时候，是山间籽落的时候；秋声起来的时候，是秋水击岸的时候；秋声起来的时候，也是月下鸟幽的时候……"世间都是无情物，只有秋声最好听"。秋声清丽、旷远、自然。天籁一般的秋声，是物候的鸣唱，也是季节的交响。

饱将两耳听秋声。在秋天，听秋声。听秋风中的童年，听生命中的秋天。

西安城墙是一盘龙

　　外地朋友来西安，登上城墙后感慨道：西安城墙是一盘龙！

　　我深膺朋友的感悟：这龙盘在关中之中，就是西安城了；这盘龙凝结着沧桑，这就是古城之古了；这盘龙周围有八水滋养，就格外显得精神，这就是为什么西安一直能称作长安了！

　　是的，西安城墙是一盘龙。渭水上的雾气，是龙衍生的云霓；大地上的城墙，是龙匍匐的躯体。龙生千年，古城也便千年。龙从土中生，城从土中来。西安城墙是用一层一层的黄土锤击着，累积成了高大的黄土城的。西安城墙后来包起了青砖，其实青砖也是由黄土烧成的。女娲造人的时候，用的就是黄土。黄土造成的人，再用黄土筑城墙。黄土筑成的城墙里，住着黄土造成的人。人与城，从原本之处就天然地和谐着。

　　北方用土筑城，"城墙"两字都少不了土。长安自古"皇天后土"，这儿的土是有灵性的。墙头烂了个豁儿，用黄土可以补齐；房顶烂了个洞口，用黄泥可以抹平；小孩子手烂了，用绵绵土可以止血；庙台上缺个神仙，用木竹编个骨架，糊上泥胎，施以彩绘，神仙立时就栩栩如生、神气萦绕了。

城筑起了，首尾合龙了，城墙的脉络就连通了。连通脉络的城墙开始有了生命。城墙高耸着，四边合拢。城池的口向上，收集着雨露阳光，成熟着春秋岁月。城门一开，走过了一个朝代；城门一关，又走过了一个朝代。城门一开一关，时光就走过了千年。百年的物什是古董，千年的物什是瑰宝。从隋筑大兴城说起，西安城墙超过千年了。超过千年的西安城墙，是苍天对长安的珍贵馈赠。

西安城墙是一盘龙。

秦地有龙佑于人的说法。西安城墙这条龙，为西安人带来了福分。尤其是抗日战争时期的日本大轰炸，城墙防空洞保护了万千民众，解放战争时，西安军民也少有损失。就是1926年，八个月的长安城被围，西安城墙也没有被攻破。城墙用它宽大的身躯，保护了西安城内的数万生灵——城墙土龙从筑成的时候开始，就一直佑庇着长安百姓。

筑城之地，也有着拆城之虞。建国之后的几次历史关口，西安城墙险些不保。也是有龙福佑，千年的古城墙，最终还是躲过了一场场劫难，神奇般地存在了下来。

如今，西安城墙早已被修葺一新了，疏浚了护城河，引进了终南水，建成了环城公园。清晨的阳光，照在了城墙的身上，树间的鸟儿就叫了，叫出了一片青翠。甬道上的步子就被斜阳拉着，长长的影子中走来了晨练的老人。有人买完菜了，在树荫下摔着胳膊。有人挂着衣服，在护城河边推着太极。三五个人围成一个"自乐班"，一阵激越的板鼓声响起，就由着性子吼秦腔了。玉兰树的后边，还会传来阵阵悠扬的笛声。城墙下，是幸福安乐的西安百姓。

生态恢复了，曾经一度消失的"八水"，就要重新呈现了。漂亮的护城河，已经绿水荡漾了。西安城墙这盘龙，往后要更加滋润了。

黄土筑成的西安城墙，内涵着华夏民族的血脉基因。土筑千年，灵性自现。西安幸亏有了城墙。有了城墙，西安方能千载长安。对于西安来说，城墙就是西安人心中的龙，祥瑞的象征。

　　每一次目睹西安城墙，我的脑海里总会回响着朋友的那句话：西安城墙是一盘龙。

　　龙佑长安。

　　西安不能没有这盘龙。

2012年的第一场雪

　　昨天，冬至的前一天，12月20号，西安下雪了。

　　在这之前，好几回了，天气预报都说要下雪，又都没有下。没有预报阴霾，阴霾却来了，来了还不想走。空气中污染严重，能见度低。天地间仿佛成了一个浑水的大塘，人是塘中的鱼，水虽浑，鱼还得呼吸。

　　传说今天是世界末日。到现在，2012年的12月21日上午9点30分，我这里的地球还没有破。下一刻地球破不破，说不定。具体说应该到今晚的12点以前，如果地球还好好的，就证明传说是真传说。刚才接到一个朋友的电话，说她正在上班的路上。她遗憾地问都2012了，怎么地球还没有毁灭？地球没有毁灭，她还得上班去。我说你就安心上班吧，你这么年轻，怎么也盼着地球毁灭呢？

　　地球没有毁灭，地球上的人就得"忍着不死"。"忍着不死"是孙天才散文集中的一个题目，他写父亲临终前为了见到他这唯一的儿子，硬是"忍着不死"，其情动人肝肺。昨天，雪正大的时候，孙天才进门了，浑身的雪花。他来了，带来了他的两本书。一本是以前的《老家》，另一本是新出的《福地》。《福地》是他的第二本散文集了。

昨天还得到消息,理洵在第一本书出来以后,马上要出第二本、第三本了。他的第三本书叫《好看》,他为自己的书写了自序。我说三年出三本书,大家就很"看好"了。

昨天雪中过得最好的人,大概就是孔明了。孔明人缘好,当然包括异性人缘。昨天孔明被两位美女邀请,到瓦库喝茶去了。可以想见窗外大雪纷飞,窗内美女相伴,香茶氤氲,暖风徐徐,两位美女一左一右,孔明应该就不是孔明了。相信在昨天的西安,有两位美女相邀喝茶的作家,应该没有第二个。

前一天晚上,王茂林打来电话了,说是久不见面,打电话说说话。我就和茂林在电话上说话了。这就又感慨电话的好。我在南郊,他在北郊,南辕北辙。一个电话,就拉呱上了。

昨天下雪了,今早,空气就清新了许多。

在清新的空气中,世界末日并没有来。

去年写了一篇文章,叫《冬至阳生春又来》。今儿个冬至,想想春天已经在赤道那边招手了。

雪是水滴开出的花。

这花没有香气,却传来花的信息。

昨天,西安下了龙年第一场雪。

073

江边读水

没有计划，没有安排，没有提前准备，一切都是机缘所使，在秋阳斜下的这个午后，我奇怪地把自己带到这个江边、这个陕南浩瀚的江边上。我坐在清澈的大江边，面对着极目难度的江水，心里很平静，感觉很亲切。许是子宫中的婴儿从孕育时就浸在了水中，我和眼前的水并不陌生，应该是我们早就相融过。此一番相遇，只是魂离数十年之后的又一次引力相吸。暌违许久，当这个下午我有闲暇，偶然中而又必然地坐在生命河流的这个水边，和眼前的水悄然相对的时候，竟有些莫名的心底生潮，泪湿眼眶。

我的魂系之水！

对岸的青山苍茫茫的，岩壁渗入的，是岁月的痕迹。蜿蜒的山脊上，是秋毫般的毛发，像国画的晕染。满山的苍翠，此刻被秋风一吹，也便沾上了油画的色调。山顶上福相十足的宝塔，檐角飞翘，从天而降，稳稳实实地镶进了一片绿色葱茏之中。秋水、满江的秋水，就这么汇集起来，相拥着、相挤着，一同涨高，一起深邃，一齐装满这宽阔的江面，幽静而深沉地向下流去。近水碧透，有卵石底影，远水苍绿，似翠玉无瑕。漂移的水旋，从人的面前游过，满江的涟漪，在宽阔的斜阳下生辉。浮光跃金，水光潋滟，心目所及，熠熠辉耀，就觉得，眼前的情景很熟，似乎在哪儿见过：一江秋水，铺着斜阳，无声而下；岸边的秋风，勾勒出一个读水人的剪影。我是在画外，又是在画中。画里画外，是电影中的蒙太奇，一时难以分辨了。

空气是透明的，天空很蓝。水鸟从空中飞过，翅尖上划出白色的航线。蓝天碧水之间，就是无尽的澄明了。空气中的分子，被满江的碧水润饱了，无一丝杂陈，水鸟的嗓子，也就婉转了许多。"欧—欧—欧"的，一声声的鸟叫，把天空叫得很高，把思绪叫得很远。这时候，"啵—啵—啵"的，逆流就上来一条船。小船现在都是机动船了，清脆的发动机声，透露出它的健康与快乐。三面高高的小红旗插在船头，欢快飘动如船老大的心情。就这样，一江碧水，活了天地间的一个世界。

就这么坐着，就这么面对着一江秋水、一江顺流而下的岁月时光。

水从上游来，从生它的那个源头来。最初，可能只是半滴、甚至几分之一滴。这不成滴的一滴水，悬挂在岩尖上，在时间的流动中，积聚着体量。水滴悬挂着，艰难地吸吮着岩间的分泌，融合着、聚集着。当它融汇成饱满的一滴，具备了脱离岩石的力量，它就毫不怜惜地离开了岩石，滴答滴答地，敲响了时间的脚步，这应当是洪荒时代的刻漏计时了。水滴坠落了，聚集在一起，便具备了流动的力量，于是，水便踏上了终生流淌的征途。自然，构成溪流源头的，也有地下的泉涌之水。那是雨入山隙、露滴岩缝，经过漫长的隙缝渗流，最终在山腹或山麓下汇集成泉，从某一岩间或地下悄溢而出。这中间，始终伴随着时间。水，是与时间并存的。万千山丛中的涓流，在时间中流淌。它们由涓而溪、由溪而河、由河而大河大江。如此日月经天，江河行地，流淌出了千年万年、岁月悠悠。当年孔子站在水边，感叹"逝者如斯夫"的时候，他面前的江水，流的又是谁的时光呢？如月一般，今人曾见旧时水，旧水何曾见今人？这一江的岁月，流出了永恒，也流过了日月旋转中的每一个瞬间。然而，你想要抓住面前的任何一个水旋，都是徒劳的。水流无语。水无声息地流动着。水在无声中，让你参透它的玄机。

江水不会倒流，这是我此刻感受最深的。上游的水，不断地涌下来；面前的水，不断地涌下去。水们首尾相接，没有间隙；流动的时间中，没有断层。我坐在江边，被时间的江水推动着，又被不动的江水按压着。在动与不动之间，我放飞着如翼的思绪。我不知道，在这个汉水的江边，在这个具体的时刻，我竟然坐了这么久。绵长而又短暂的这一时段，我的思维，似乎跋涉过了漫长的岁月之旅。

有人游泳了。戏水者，多是顽童，然泅渡者，则皆为健儿了。宽阔的江面上，秋风习习，有泳帽点点者，正在水中奋力。他们万里汉江横渡，霜天里搏击。有道是："万类霜天竞自由。"此一时刻，生命、自然、天地、自由，在这个万物竞生的天空下，都在尽情张扬。

在这样的一个下午，在这样的一个地方，我坐在这样的一个江边，以这样的一个姿势，读着这样的江水。

读水，读水里水外的万事万物，读那些在水中奋力竞渡的人。

突然就自责了，我怎能忘带自己的泳衣！

一夜雪紧

童年，冬天的雪，常常从傍晚开始下起。

天擦黑了，乌云不知从什么时候开始，悄悄地布满了天空。圈里的猪，伸着卧在窝中的嘴，在一圈拱起的塘土中，不时"哼哼"地咕噜几声，嗓子中带着颤音。鸡们在村外游逛了一个下午，嗉子吃得饱饱的，这个时候，顺着墙根往回走。巷口的风从后边刮来，屁股上的羽毛翻了起来。狗不知什么时候已经站在了门楼下，缓缓地摇着尾巴，向着村外望上一眼，再望上一眼。麻雀从外边飞回来了，站在院中洋槐的枝头，贼头一缩一缩地，在孩子们不注意的时候，扑进檐下的洞口中。"呼——"的一声，风起了，门楼上的电线荡起了弧形。院外高大的椿树枝头，接着就飘下来几只残留的"咕咕等"。

雪是要来了。

雪要来了，不知道要来几天。这时，烧炕的柴火要抱回来，要堆在檐下的台阶上；煨炕的苅子要揽回来，倒在炕门的檐角下；灶房的柴火要攒够，预备着没有长短的下雪天……村口，就开始出现着系着围裙匆忙奔波的婆媳们，拣那些干透的玉米秆拢成一抱，蚂蚁搬家一般地往家里挪。这些干透的玉米秆，正是雪夜烧炕的好材料。还有麦草，用大担笼塞，用背篓悬，给灶火倒满了，再用大背篓悬顶给灶檐下预备一篓。那些麦垛底下收拾来的干苅子，大都是麦糠碎草一类，压实在檐角下。冬夜里，这些苅子煨在炕洞里，能热一个晚上。家家户户的人们，在这大雪来临的傍晚，各自忙碌着。人们的嘴中呼着白气。像大雨来临、蚂蚁们忙着筑巢垒窝一样，大雪来临前，人们自觉地、知道要准备好充足的取暖材料。人们正在忙碌中，雪花就开始飘了。

"下开咧！"有人惊异地喊了一声。尽管人们知道要下雪了，但真正下开了，人们还是要感叹着雪来得快。

"下开咧——！"有人得声抽空就望了一回天，接着回应一声。这个"咧"字拖了长音，末了还甩了上去。人们的脚底下就更快了。

天阴得更重了。阴云和各家傍晚烧炕做饭的烟雾混合在一起，从天上往下压。压下来了，就融合在了一起。炕洞的白烟，像一条白龙，吐出了烟囱，不向天上去，却拐了个弯，向地面铺散开来。人们进出院落的脚步，象是踩在云层上，脚腿一过，就带起一股烟旋。老人有了咳嗽声。炕上的小儿用被子蒙了头，钻在被子底下躲烟呛。房梁上十五瓦的灯泡，氤氲中透着 W 形的红丝光。灶房传出了"吧嗒、吧嗒"的风箱声。案板上，谁家的"双郭刀"，正"当、当、当"地，切着翠绿的白萝卜。

雪下开了。

雪花飘舞的时候，是天刚刚黑尽的时候。村外的景物已经完全模糊，一切活着的生物，都回到了各自的所在。"咯吱"一声，院子的大门关了。一家一户的人们，拍干净身上柴草的碎屑及尘土，站在自家檐下的台阶上，望一望天上飘下的雪花，放心地说：嘿，好好地下吧，吼上它一夜！"吼"，农人这里用了一个"吼"字。

雪先是落在柴草上。雪落在柴草上，就有了"窸窸窣窣"的声音。

待到雪没了鞋底，雪就落在雪上了。雪落在雪上，就有些悄无声息。农人的耳朵对雪十分灵敏，在这一片悄无声息的环境中，农人能听到细碎的"嚓嚓"声。那是雪花的棱角，在落地撞击时彼此发出的断裂声。没有谁对这种令人心醉的断裂声更为敏感了，农人能听到。农人在冬夜的热炕上，盖着牡丹的老花被，枕着油亮的砖枕头，在沉重的鼾梦中，每一个细胞，都能感知雪花的落地声。这种撞击声，在农人的耳膜中，是冬蝇撞纸，是边鼓落槌，撞得人心颤，敲得人心酥。农人的心扉，在这种撞敲声中，睡得分外的熨帖。千万片的雪花，在这深夜的黑暗中降下、再降下，堆落、再堆落。雪花堆肿了墙头，堆高了屋脊，堆胖了树枝，堆圆了柴垛。整个世界像是处在无边的面柜中，洁白的雪粉从天上沸沸扬扬地洒下。雪花们相撞着、断裂着。这种"嚓嚓"声，碎玉裂银，溶化着冬夜的寒冷，又扭结起来，牵动着农人的笑纹。那些细细碎碎、远远近近、高高低低的降雪声叠加起来，在农人听来，是雪在深夜里沉沉地"吼"！

农人睡得很沉。

一夜雪紧。

天亮了，人们都还是沉睡不起。

"吱呀"一声，光屁股的娃娃抠开了窗缝，惊喜地大喊：大，妈，下雪了！下雪了！

农人夫妇开大了窗子，探头一望，见外边早已是雪的世界。农人夫妇就笑了，他们再次躺下，舒展着劳累了一冬的筋骨。农人夫妇知道，他们终于可以放心地睡完这个冬天了。

雪静无声

一夜落雪。

清晨，一切都是静悄悄的。无边无际的新雪，像一张硕大无朋的吸音毯，轻轻地覆盖在关中大地上。田畦中装满了雪，坑洼中装满了雪，路边的沟道中也装满了雪。没有了路见不平。村与村间的道路上，现出了蜿蜒的白带。近处的白杨树上，挂满了摇摇欲坠的雪。道旁的树枝，被压成了一张弓。落满雪的柴垛顶，变成了弧形。雪地上，没有人的足迹，没有鸡的足迹，也没有狗的足迹。

一片死寂中，活着的只有人家烟囱上溢出的袅袅白烟。爱叽喳的麻雀没了声，看不到乌鸦的身影，喜鹊的窝在村头高高的树杈上，上边也落着雪。沿着茫茫的雪野向远处望去，在一片洁白的雪境里，现出远处邻村房舍树木的轮廓。雪落了整整一个晚上，此刻，天空也累了，开始了休息。那些没有落尽的雪的绒毛，在高空中优雅地飘飞着，时上时下，最终飘落到地面的雪上，看不见了。

没有声息。

视野中，除了雪，还是雪。万紫千红过后，在这个冬日里，白色在一夜之间，奇妙地改变了世界。万般生物，被这蓬松而温柔的雪，捂了嘴，盖了目，遮了耳，蔽了声。雪花们堆积着、支愣着，空气们填充进雪花的空隙中。难得的一些声响，透过雪下往复折射的空间，彼此抵消了。声音消失了，气息消失了，活着的生物，都隐藏在了声音的背后。四野传出的，唯有静寂。

　　积雪无垠。道边一枝枯茎钻出雪面，细如铜丝，顶端的空穗在风中摇曳；雪里的麦苗，在一片白雪下，透出翠绿叶尖；浓绿的油菜，被一派厚厚的积雪覆压着，隆成了一堆又一堆。低洼之处，雪过如砥，雪和风的混合体，打磨出一派光滑柔和。隆起的土梁后，雪们用自己的身体，堆积成弧形的下滑线。雪花经过田边的蒿草，粘附成蓬松的雪冢。无尽的积雪，越过田坎，跨过小沟，漫过丘陵，向远处匍匐而去。远处，一弯河水在雪域中蠕动，水色变成了黛青色。弯弯的水面上，有丝丝的热气蒸腾。河水动着，看不到流；曲水淌着，听不到声。没有声息。一切天籁，都被这无尽的雪，吸收融化了。

　　远处，一个豆芥般的小黑点移动着。在雪拥门槛的这个早上，有人需要推雪出门，除过大喜之事，也只有大悲之事了。小黑点艰难地移动着，等人回过眼，却已被白雪融尽。一片雪野中，小黑点无声地出现了，又无声地消失了。

　　还是无声。

　　雪完全停了。

　　突然，"咔、咔、咔"几声，一只喜鹊跃下白杨，抖落了串串积雪，从高处优雅地滑了一个向上的弧线，落在了旁边的椿树上。椿树后，正显出一角蔚蓝。

　　天，开始要晴了。

081

树人兄弟与茶

说起喝茶，总绕不开周作人："喝茶当于瓦屋纸窗之下，清泉绿茶，用素雅的陶瓷茶具，同二三人共饮，得半日之闲，可抵十年的陈梦。"也离不开鲁迅："有好茶喝，会喝好茶，是一种'清福'"。其实，于喝茶一道，树人兄弟境界迥异。

鲁迅说喝茶，是先得有好茶，然后还要会喝。可知好茶于他，并不是四季常备，亦非茶艺谙熟。他曾经有过不会喝好茶的经历：在茶庄打折的时候，掏钱买了二两好茶叶，怕它冷得快，把泡了茶的壶用棉袄包起来，等到喝时，自然是滋味皆无，色浊汤老与粗茶无异了。次则，鲁迅说喝茶还得有功夫。他说对于一个使用筋力的工人，在唇干欲裂的时候，即使是龙井、窨片，恐怕喝起来也会觉得和热水没什么大区别。像文人骚客逢秋悲寂寥，在农人觉得无非这个季节就是割稻一样，在鲁迅看来，"不识好茶，没有秋思，倒也罢了。"如此，浮躁的现代人引用鲁迅的茶论，顾不上细味"清福"一词的引号，崇拜得有些盲目。

至于周作人，二十世纪三十年代即有"苦茶庵"的斋名，一直到解放后，到了六十年代，他还是喝茶、说茶。当年阿英就讥讽他说："不断的国内外炮火，竟没有把周作人的茶庵、茶壶和茶碗打碎呢，特殊阶级的生活是多么稳定啊！"那是他喝茶的打油诗引起风波以后的事。周作人从小就吃茶，从喝清茶开始，到三十年代转向喝苦茶，最后用张中行的话说就是"因苦茶而苦果"。在现代的文人中，周作人与茶的关系是最为突出的。他在小品文中大量说茶，作《苦茶随笔》的散文集。"有好茶喝，会喝好茶"，周作人的"清福"实在是不浅。当年，在"城可失，池可破，周作人不能投降"的口号下，在胡适从伦敦寄诗劝他"放下茶盅"，"飘然一杖南天行"时，周作人仍以"老僧假装好吃苦茶，实在的情形还是苦雨"为由，不曾离开他八道湾的"苦茶庵"。

　　茶之苦，知堂深好其味。苦茶一般的生活，正是文人雅士血脉中的承传基因。和其兄投枪匕首、荷戟舞棒不同，周作人风雅舒缓地《喝茶》《吃茶》《煎茶》，"藤椅古柏下，轻风徐徐来"。他是把茶喝透了。

　　把茶喝透了，也就把中国喝透了。

　　如此，周作人的文字，也便如茶一般。

　　周作人，也便是中国文化中的一片茶叶了。

锄禾

　　说到锄禾，就想起唐朝的悯农诗人李绅。李绅的《悯农》二首，其一便是以"锄禾日当午"开头的。锄头是什么时候发明的，似乎不太明了，大约是耒耜使用前后的事。想象锄头的样子，相似于耒耜，属于像铲一类的物什，大概是不差的。锄头的功用，一为除草，草去而禾生；二为松土，增加透气；第三个功用，应该就是后人所谓的"保墒"了。锄的材质为什么，大约最早同样逃不出骨质、石质的范围。一般来说，战国的时候，铁器就已经发明了，铁材料最早用在农业上，应该没有疑问。经过了秦、汉，以致到了李绅的盛唐，铁制的锄头成为常用的农具，这样才有了"锄禾日当午，汗滴禾下土"的吟诵。

　　中国的农人，数千年来总是躬耕的形象：弯腰弓背，汗水淋漓，骄阳之下，苦做不息，所谓的汗水摔八瓣，土里刨食。陕西的渭南上世纪六十年代有一首《粮食》的眉户剧，其中有这样的唱词："睡半夜，起鸡叫，庄稼全靠汗水浇。一苗一苗都浇到，一颗一颗赛玛瑙。"唱出了农人的艰辛，也唱出了农人对粮食的珍爱。为什么"锄禾"一定要"日当午"

呢？陶渊明有诗句："晨兴理荒秽，带月荷锄归。""理荒秽"是首要，而杂草在"日当午"时锄去，就很容易被骄阳晒死，除草能获得最大效益。这又令人想起三夏的割麦。中午最热的时候，农人本该避过骄阳、吃饭歇息，但这个时刻割麦最好。因为这时天气最热，麦秆既干又脆，挥镰割来最为省力。如此一来，无论是锄地或是割麦的力气活，农人都是在骄阳当头最焦热的时候，把自己押上了。这样，汗水就成了粮食的代名词，农人的艰辛与可敬正在这里。

　　锄地在农学术语中叫作"中耕"。在农业文明发源地的关中，清人的杨屾于农学多有建树。他在《知本提纲》中说："锄频则浮根去，中根自深，方能吸阳济阴，气旺而有收矣。"浮根去了，中根自深，中耕的这一作用，有利于作物防倒伏。至于说到"吸阳济阴"，又和作物的阴阳和谐相关。西北农林科技大学的樊志民教授在他的《问稼轩农史文集》中认为，"和土"是耕作的基本原理之一，"使土壤之水、肥、气、热，宣泄以时，处于协调状态，这是阴阳'和'的最高境界。阴阳失调，谷乃不殖。"可知锄禾于作物生长之关键。杨屾是关中兴平人，于农桑技术研究方面，不信传闻，重亲自实践。他说："农桑著述颇多，但知文者多未亲身经历，亲身经历者多不知文。所以多略而不详，繁而不要，用之多无实效，总由耳闻而未尝身试也。"因此，他开辟养素园，在园中"凡种桑、养蚕、畜牧、粪田之事都精心探讨，躬身验习。"杨屾农学研究之严谨，于兹可见一斑。

　　对于锄禾，杨屾有进一步的阐述："每岁之中，风旱无常，故经雨之后，必用锄启土，籽壅禾根，遮护地阴，使湿不耗散，根深本固，常得滋养，自然禾身坚劲，风旱皆有所耐，是籽壅之功兼有干风旱也。若不壅起皮土，一经风旱，附根而下，一气到底，阴亏而不能济阳矣。"于锄地一作，乡谚有"锄头带水"之说，是说锄地的劳作对土地来讲有保墒作用。杨屾谈了中耕保墒的原理，更多具有理论色彩。其实通俗的理解，锄头在锄地的过程中,既给禾苗壅了土,又切断了无数土壤通向地面的毛细管,从而锁住了地下水分,达到了保墒作用。

中国农学上,杨屾颇有贡献,但他的名声大不过写诗的李绅。李绅的诗句流传千古,是文学给李绅添了光。后来李绅做了官,终于"绅"起来以后,却忘了当官要为民做主,竟然是热衷结党,滥施淫威,"粒粒皆辛苦"的情感,早已是烟消云散了。

礼之源

中华文化是礼乐文化，讲究秩序与和谐，而礼乐文化之滥觞，则在于饮食。《礼记·礼运》篇中就说："夫礼之初，始诸饮食"。

现实生活中，体现饮食礼节很重要的一个方面，是宴会中宾客的座次。谦语中，常有"叨陪末座""忝列末座"的说法，是说自己很荣幸，不被大家嫌弃，像坐席一样，在这个团体中有一个座位。既有"末座"，自然也就有"上座"。以宴席的八仙桌为例，侍者或过道的对面，有墙或屏风可倚的一边，为上位。而上位有两个，而古人讲究左为上，则左位为"上座"，右位为"次座"。同理，方桌的左上为三，左下为四；右上为五，右下为六；底边左位为七，右位为八。这样的一个位次，一般是不能乱坐的。即最尊贵者一般坐上座，其次坐第二位，再其次坐第三位，接下来各位都是依次入座。"忝列末座"，即是坐最后一位的意思。如果是圆桌，也是依相同的次序进行排列。

坐上席者，自然有上席的待遇。一般来说，上席没有动酒，大家都不能动酒；上席没有动筷，大家都不能动筷。早先的宴席上，一桌只配一只酒壶，一个酒盅，且都是事先都放在上席的面前。宴席开始后，上席喝了第一杯，第二位才能接过来喝；第二位喝完了，第三位才能再接上。每一道菜上来了，都是上席先动筷子，上席动过筷子了，大家才能跟着动。对于斟茶、盛汤、换盘盏等，也都是从上席开始。宴席要散前，没有上席的首肯，众人也不能擅自离席。

梁实秋曾描写过宴席入座前，诸公间一番谦让的场面。说是一群人挤在包间里，谁也不肯先坐，谁也不肯坐首座，于是你推我让，人声鼎沸。辈分小、官职低的，垂手立在墙角，听候调遣。而自以为有首座或次座资格的人，攘臂而前，拉拉扯扯。有的说我们叙齿，你年长！有的说我常来，你是稀客！有的说今天你非坐上座不可！这场纷争，直到大家的兴趣均已降低，该说的话差不多都已说完，然后急转直下，突然平息，本该坐上座的人便去就了上座，大家也都各得其所。梁实秋的笔法十分调侃，充满着讽刺与幽默，但也能反映出在饮食的座次上，人们心中都秉持着一定的规矩。

饮食上的礼节，应该是由来已久。原始人最早是通过狩猎、集体采摘获取食物的。狩猎又称围猎，非一人所为，需要众人团结进行。狩猎所获的食物，属集体所有，分食时，自然有先后次序问题。一般来说，族长、老人、病弱者，应该最先得到食物。然后同族以长幼次序，依次分配。同样，妇女采摘果实的分配，也是据此原则。这种规则、礼节，在人们长期的生活实践中逐步得以巩固。

应当说，人类最初和动物一样，都有护食即吃独食的本能。庄子在《秋水》篇中说，猫头鹰得到一只腐鼠，怕头上飞过的鹓鶵抢走，"仰而视之曰：'吓！'"，用威猛的声音吓唬鹓鶵。其实小孩在婴幼儿时期，也有护食的本能。两只乳头，他要吃一个，占一个。有两只苹果，他吃着一个，手里还要拿着另一个。只有等孩子懂事了，经过了大人的教育，才能懂得孔融让梨的道理。可知人类的饮食之礼，是长时期不断教育和培养形成的，这也是人类区别于动物的表现。史载刘邦称帝之后，一度都想让出皇位，因为当时"群臣饮酒争功，醉或妄呼，拔剑击柱"，一片混乱局面。博士叔孙通"采古理与秦仪杂就之"，编制朝仪礼法，约束规范群臣行为，"竟朝置酒，无敢喧哗失礼者"，刘邦方知饮食礼仪之必要，乃"知为皇帝之贵也"。

民间相见有问候语：吃了没？可为食之礼之见证。

汪曾祺与酒

汪曾祺一生都和酒有关。

汪曾祺十几岁就学会了抽烟喝酒。他爸喝酒的时候，给他也倒一杯；他爸抽烟的时候，一次抽出来两支，自己一支，给汪曾祺一支。汪曾祺和他爸的关系，是多年父子成兄弟。从此，汪曾祺和烟酒结下了不解之缘。对于酒来说，一日无酒，汪曾祺总会觉得少了些什么。

西南联大的时候，汪曾祺第一次恋爱失败，不吃不喝，睡在屋子两天两夜不起床。房东王老头担心这位年轻人想不开，心里十分焦急。恰好这个时候，他的好朋友朱德熙来了，王老头如实告知了汪曾祺的情况。朱德熙听了以后说没事，说他知道如何应付。他敲开了汪曾祺的门，说请他喝酒。汪曾祺听到酒，一咕噜从床上爬起来。但是朱德熙夸了口，身上并没有钱。这样，他只有卖掉了一本他正学的物理书，用卖书的钱，二人吃了一顿饭，还用余钱请汪曾祺喝了一顿酒。如此，汪曾祺借酒浇愁，酒醒了，他也从苦闷中走了出来。后来，朱德熙说那个女人没眼光。

抗战期间，一次朱德熙从昆明出差回来，带回来一大块昆明的宣威火腿，准备晚上请汪曾祺喝酒。结果汪曾祺中午就来了。一进门就说他老远就闻到了朱德熙屋子里的火腿和美酒的香味，于是就不请自来了。于是朱德熙找出半瓶洋酒和大半瓶茅台，切了一大块火腿，给汪曾祺下酒。汪曾祺也不客气，三下五除二美酒佳肴全进了自己胃里。建国以后，汪曾祺和朱德熙的交往就更密切了。一次汪曾祺酒瘾犯了，到朱德熙家找酒喝。主人不在，只有他的儿子在家鼓捣无线电。汪曾祺见客厅的酒柜里有瓶好酒，便吩咐朱德熙儿子上街买两串铁麻雀。自己打开酒瓶，边喝边等。结果喝了半瓶，还不见朱德熙回来。汪曾祺丢下半瓶酒和一串铁麻雀，对仍专心鼓捣无线电的朱德熙儿子说："这半瓶酒留着我下次再来喝——我走了哇！"

汪曾祺说："我觉得我还是个比较可爱的人，因为比较真诚。"由于真诚可爱，"没大没小"，子女们都称他为"老头儿"，他也喜欢大家这么叫。汪曾祺嗜酒，酒德还好，被同行朋友们称作"酒仙"。二十世纪九十年代，有一年他和诗人李瑛等到湖南娄底举办讲座，欢迎宴会上，他诗兴特浓，酒量特大，一桌人反复轰炸，他居然一一笑纳，杯空到底。在场有人估计他有两斤茅台下肚。奇异的是，汪曾祺酒后还接着接受了记者两个多小时的采访，不但没有半句酒话，反而是机锋迭出，妙趣横生。1988年，汪曾祺到山西大同为《北京文学》函授班举行面授，当时市场上买不到汾酒，朋友就给他准备了三瓶北方烧。想他在大同只呆三天，三瓶北方烧是够了。谁知两天不到，三瓶酒一滴不剩。中午，他邀朋友说"喝口酒"，然后吃午饭。结果给对方倒二两，他自己倒了一茶杯；晚饭了，他又说"喝口酒"，然后吃晚饭，结果给对方倒二两，他又是一茶杯；临睡前，再说"喝口酒"，然后睡觉。结果给对方倒二两，自己还是一茶杯！那一年，汪曾祺六十八岁。

酒逢知己千杯少。汪曾祺喝起酒来，常常是陶然忘机。有一年世界汉学家会议在上海召开，世界著名的汉学家都来了，由于名额限制，中国作家参加的不多。然而汪曾祺和高晓声、林斤澜三个人碰在了一起，在常州喝酒，开会的事顾不得了。一直到会议的第二天，他们才弄了一两破旧的上海车，摇摇摆摆地开上会议的小山坡来。当时会务组的同志在上海站接不到他们，他们到了只说自己把车次弄错了，喝酒的事只字不提。

汪曾祺说，看相的人几次给他相面，说他是个寿星，起码要活九十多岁。然而，他只活了七十七岁。究其原因，也是因为喝酒。1997年4月，汪曾祺赴四川参加"五粮液笔会"，行前家人再三告诫：不准喝白酒。汪曾祺让家人放心，说他懂得其中利害。结果回京没两天，他因肝硬变造成的食道静脉曲张破裂而大量吐血。这次他真正知道了利害，在医生面前，诚实得像个孩子，说："在四川，我喝了白酒"。他费力地抬起插着胶管的手，用拇指和食指比划着："这样大的杯子，一共六杯。"就这样，汪曾祺去世了。

也许，汪曾祺那次不喝酒，还会多活些年。

但是，不嗜酒，那还是汪曾祺吗。也许，汪曾祺的一生注定是要和美酒相伴的。正是美酒，使汪曾祺聪明、快乐、创造力无限。也正因为美酒，才使得汪曾祺的人生，充满了斑斓的色彩。

第四辑

为谁风露立中宵

读章诒和的书,有"为谁风露立中宵"一句,想起了黄景仁。

如今,多少人还记得黄景仁?不多。这似乎也不好埋怨。如今大陆的中年一代人,读过黄景仁的本身就不多。中国社科院文研所编写的《中国文学史》三卷本,谈到黄景仁,也不过五百来字。年轻人呢,除过专业攻读清诗的,似乎更不必提。多少年了,提到清诗,我们耳熟能详的是"九州生气恃风雷",是"李杜文章万古传",是"冲冠一怒为红颜",然而,这于中国文学、尤其诗歌来说,该是怎样的一个悲哀。其实不独是清诗,从《诗经》开始,一直到当代,许多真正的好诗,我们读到的又有多少?

看一看黄景仁追忆少年恋情的《绮怀》诗之十五:"几回花下坐吹箫,银汉红墙入望遥。似此星辰非昨夜,为谁风露立中宵?缠绵思尽抽残茧,宛转心伤剥后蕉。三五年时三五月,可怜杯酒不曾消。"这样的作品,在几千年的中国诗歌史上,也是第一流的咏情佳作。其颔联两句,堪称千古绝唱。说到天才,黄景仁无疑就是。

然而天妒英才，才华过人的黄景仁，一生却是穷愁潦倒，病痛交加，只活了三十五岁就死了。如一颗流星，黄景仁从中国的诗坛一划而过，在茫茫的诗海星空，留下了一尾耀眼的光芒后，悄然而逝。九岁的时候，他就吟出了"江头一夜雨，楼上五更寒"的名句。十六岁的时候，他于三千人中，取童子诗第一。他一身"神清骨冷"，一生"风泊鸾漂"，如哀猿叫月、独雁啼霜，辗转飘摇，备尝艰辛。这使得他的诗辞清而气宕，"如咽露秋虫，舞风病鹤"。黄景仁的诗，用情极深。无论是缠绵悱恻的情爱诗，还是病困交迫的咏怀诗，黄景仁都写得切肤沥胆、沉郁真挚。黄景仁从小丧父，寡母将其抚养成人。他的《别老母》："搴帷拜母河梁去，白发愁看泪眼枯。惨惨柴门风雪夜，此时有子不如无。"写其从幕离家时的情景，读来催人泪下。他的《都门秋思》第三首："五剧车声隐若雷，北邙惟见冢千堆。夕阳劝客登楼去，山色将秋绕郭来。寒甚更无修竹倚，愁多思买白杨栽。全家都在风声里，九月衣裳未剪裁。"尾联二句，写尽了寒士悲酸。当时身居巡抚的毕秋帆读至此，竟夜不成寐。瞿秋白也有"吾乡黄仲则，风雪一家寒"之叹。而同代的翁方纲对黄诗也极为赞赏："沉郁清壮，铿锵出金石。试摘一二语，可通风云而泣鬼神。"

黄生来当为诗人。他的《癸巳除夕偶成》之一："千家笑语漏迟迟，忧患潜从物外知。悄立市桥人不识，一星如月看多时。年年此夕费吟呻，儿女灯前窃笑频。汝辈何知吾自悔，枉抛心力作诗人。"何以"年年此夕费吟呻"，无非"忧患潜从物外知"。"悄立市桥人不识"，一个"悄"字，写尽孤寂与惨淡。除夕无月，诗人将星视月久久观看，如此情景，怎一个悲字了得！如此，自然有"枉抛心力作诗人"之喟叹。然而，喟叹归喟叹，黄景仁却是杜鹃啼血，苦吟不已。他在《杂感》中唱道："仙佛茫茫两未成，只知独夜不平鸣。风蓬飘尽悲歌气，泥絮沾来薄幸名。十有九人堪白眼，百无一用是书生。莫因诗卷愁成谶，春鸟秋虫自作声。"虽然是仙佛一生两无成，黄景仁仍然要深夜吟诗表不平。有人劝他别因诗歌引灾招祸，但是他仍然是"春鸟秋虫自作声"。这里，尤其是"十有九人堪白眼，百无一用是书生"二句，更是道出了千百年来中国读书人心灵深处的怅惘和孤独，成了无数文化人耳熟能详的名句。而写这一首诗的时候，黄景仁才十七岁。

清中期，沈德潜"格调"说大行于世，然黄景仁则独持性灵，自成一格，诗句中感情色彩非常浓郁。如传诵一时的名句"别后相思空一水，重来回首已三生""珊瑚百尺珠千斛，难换罗敷未嫁身""桂堂寂寂漏声迟，一种秋怀两地知"，都是笔致旖旎，情感丰沛，枯笔写尽相思之苦。其他的如"记得酒阑人散后，共搴珠箔数春星""从此音尘各悄然，春山如黛草如烟""明灯锦幄珊珊骨，细马春山剪剪眸""有情皓月怜孤影，无赖闲花照独眠""玉钩初放钗初堕，第一销魂是此声"等等，都是精美入微、感人至深。

中国封建社会不乏寒士，但像黄景仁这样集封建寒士诸多苦难与不幸于一身者，鲜矣。黄景仁才高似李白，多情如义山，飘零似杜甫，骨瘦如贾岛，穷寒似孟郊，寿短如李贺。乾隆四十八年（1783年），黄景仁从北京赴西安，投奔陕西巡抚毕沅，在山西运城的途中病逝。袁枚闻讯甚为痛惜，作《哭黄仲则》一律予以哀悼："叹息清才一代空，信来江夏丧黄童。多情真个损年少，好色有谁如《国风》？半树佛花香易散，九年仙曲韵难终。伤心珠玉三千首，留与人间唱《恼公》。"

黄景仁，一个真正的伟大诗人。

时下的一些年轻人，可能知道"谁念西风独自凉"的纳兰，却不知道"为谁风露立中宵"的黄景仁，喜也夫，悲也夫！

"树犹如此"

相信许多人读到"树犹如此"这一句,都会知道它的下一句:"人何以堪"。这是庾信《枯树赋》中的句子。其原文是化用桓温的感叹:"昔年种柳,依依汉南。今看摇落,凄凄江潭。树犹如此,人何以堪!"《晋书》曰:"桓温自江陵北行,经少时所种柳处,皆十围,慨然叹曰:'木犹如此,人何以堪!'"一围指的是拇指和食指张开的距离。桓温看到他幼年植下的柳树,如今已经有十围之粗,由不得感叹岁月的无情。

提到庾信,值得称道的一是他的《哀江南赋》,"十里五里,长亭短亭",还有那些将士们抵抗侯景英勇牺牲的事迹描写。二就是他的《枯树赋》。关于《枯树赋》,有两个背景需要介绍。一是《朝野佥载》曰:庾信当年从江陵来到长安,北方文士常轻之,庾信便将《枯树赋》来出来示之,其结果如何呢?——"于后无敢言者"。第二个是毛泽东和《枯树赋》。博览群书、吟读过大量中国古典文学的毛泽东,对庾信的《枯树赋》情有独钟。据张玉凤回忆,毛泽东不仅熟读《枯树赋》,而且"全赋大部章节他都能背诵下来"。他"常常想起来就吟诵""直到他不能讲话为止"。事实上,《枯树赋》是毛泽东"诵读到最后的一首赋"。

庾信、颜之推、王褒等,都是南北朝时由南入北的作家,而庾信是唯一南北朝文学之集大成者。庾信出生在一个"七世举秀才""五代有文集"的世族家庭。其父亲当年就是享誉江南的诗人。庾十五岁时就入东宫,随侍昭明太子萧统为讲读。接着,又与徐陵同为东宫抄撰学士。四十一岁前的江南时期,庾信是"兼职文武,青云直上,踌躇满志,挥斥方遒"之时。这一时期,庾信的作品富于辞采之美,多为宫体性质。真正使他文风大变的,是他到了北方以后的后半生,其风格转而变得苍劲、悲凉。杜甫的评价是"庾信文章老更成""暮年诗赋动江关"。这些,都和一个地方有关,这便是长安。

梁武帝太清二年、即公元 548 年的时候,庾信遭遇了侯景之乱。战乱中,他痛失二子一女。四年以后,梁元帝即位,天下始得安宁。公元 554 年,四十二岁的庾信奉命出使西魏,到了西魏的都城长安。不久,西魏就攻破江陵,把庾信的梁朝灭了。这样,庾信就滞留在了北方,成了人质,从此久居长安。后来,亡国之臣的庾信,屈节做了西魏的官,并官至骠骑大将军开府仪同三司,故称"庾开府"。当时,南朝作家常常是北方作家学习的对象,而北方的西魏,也是对南来的才子庾信尚赞有加的。西魏是南北朝时由北魏分裂出来的割据政权,一直由鲜卑化的匈奴人宇文泰控制掌权。其管辖范围为今湖北襄樊以北、河南、洛阳以西,原北魏统治的西部地区。公元 553 年,西魏攻克了梁的蜀地,次年又攻占了江陵。这个政权在长安存在了二十二年,最后被北周代替。西晋末年,北中国成了匈奴、鲜卑、羯、氐、羌五种部族混战的场所,文化中心的黄河流域成了荒凉的战场。掌握文化知识的精英阶层大都随着晋朝的南渡而迁移到了长江流域。这是南北朝时北人学习南人的背景。传庾信到达北方后,南人问信曰:"北方文字如何?"信曰:"唯有韩陵山一片石堪共语,薛道衡、庐思道稍解把笔,自余驴鸣狗吠呱噪而已。"于兹可见，庾信南人北附，纵有变节失身之短，然于文字上，他是有资格傲视一把的。据说《枯树赋》有碑，是贞观四年褚遂良所书。如今千载岁月，烟云流逝，这一方珍宝，大约是隐入飘渺了。

《枯树赋》借东晋名士殷仲文起兴，说殷仲文"风流儒雅，海内知名"，然"常忽忽不乐，顾庭槐而叹曰'此树婆娑，生意尽矣！'""生意尽矣"四字，是全文的文眼。庾信一生亲历侯景之乱、西魏灭梁、家破人亡等多次沉重打击，羁留北方以后，诗文一改早年的轻艳奇巧，进而变得劲健苍凉、忧深激愤，亡国之痛、乡关之思、羁旅之恨、人生多难等，成了他抒发的心声。此时内心的"难堪""殊深悲痛"，只能借助诗赋倾诉而出。《枯树赋》中，庾信正是以经受种种摧残、生意已尽的枯木自喻。说自己遭遇了国家衰亡，羁旅异邦而不得归，既伤心树木凋零，更叹息人生易老，正如《淮南子》所说的："树叶飘落，老人生悲"！人至暮年，死亡的阴影无处不在，所以庾信赋中悲伤以致绝望的情调，不是偶然的。据说，天鹅在临终前发出的鸣叫最美也最凄厉，《枯树赋》可以说是庾信的天鹅之鸣。这样的一曲悲歌，就诞生在北国的长安。毛泽东晚年对《枯树赋》的吟读与赏爱，也是读懂了庾信，他是在情感上，与《枯树赋》取得了特殊的呼应。

最后，有关庾信的，还需要补充三点：一是《哀江南赋并序》中有："信年始二毛，即逢丧乱"，那一年，庾信三十六岁。证明庾信三十六岁的时候，头上就有白头发了，侧应南北朝时，人们发肤的变化。当然，"二毛"之说也有庾信本人颠沛流离的人生背景使然。二是唐人的王勃《滕王阁序》中有名句："落霞与孤鹜齐飞，秋水共长天一色"，其实这不是王勃的首创。庾信在早年的《马射赋》中即有："落花与芝盖同飞，杨柳共春旗一色"。王勃的名句，显然从庾信的诗赋中化来。第三，庾信当年有《题画屏风》二十五首，其特点是善于运用山水诗的手法，将画面内容与想象相结合，既不脱离画面，又富于自然情趣，篇篇以精巧见长。

在这之前，很少有题画诗。庾信的这一组《题画屏风》二十五首，可谓是开了中国题画诗的风气之先。

南人庾信的后半生是在北国的长安度过的。庾信之所以能取得巨大的文学成就，和他的这一经历密切相关。

北国的长安，成就了南人的庾信。

秋虫

曾经写过一篇文章，说每年窗下的秋虫，常常是在不经意期间就开始叫了。叫的位置似乎都没有变，令人疑惑是不是去年的那几只。那晚，这样的声音又开始有了。那是前一天下了一场雨，那个清凉的夜晚，秋虫们发出了第一声鸣叫。这才翻开前边的文章，想看一看文尾的时间，印证正是去岁所作，如此便知晓真的是又过了一年。不由再感叹，人入老境，真的是岁月匆匆。

听到秋虫的鸣叫，便感慨时光易逝，其实古人亦然。《诗正义》中有曰："络纬鸣，懒妇惊。""络纬"一物，俗称纺织娘，是说纺织娘叫起来的时候，懒惰的妇人突然开始吃惊。何以要惊？是突然意识到秋天到了，冬季已为期不远，妇人的纺织浆洗还没有眉目，这该令她如何不惊呢！纺织娘是一种重要的鸣虫，每年夏秋季的晚上，常常躲在草丛中，时不时地发出"沙、沙"或"轧织、轧织"的声音，很像古时候织布机的织布声，故而被人称为"纺织娘"。陆游的《老学庵笔记》载有："宋子京《秋夜诗》云：'秋风已飘上林叶，北斗直挂建章城。人间底事最堪恨，络纬啼时无妇惊。'"正是前诗之深意。

　　古人有言："以鸟鸣春"，与之相应的，也便就是"以虫鸣秋"了。言及虫，令人想起了草，因为虫在草中。白乐天说草是"一岁一枯荣"，和"人生一世"相对应，这便是"草生一秋"了。这草中的虫，想其生命也是一岁一茬了。虫生出了，要循着节气，逐步成长，到了一定的时令，身肢健全了，能鸣叫的，会突然一天展开羽翅，"吱"的一声发出叫声。应该说，这一声叫，可能是连它自己都要惊吓一下的。自己竟然会叫，并且叫出了声。不用怀疑的是，虫子开始叫第一声的时候，是充满了试探性的。可能是断续的、强弱不等的，气息也可能是不够连贯和顺畅的。但活动了羽翅，再运足了气，等到叫第二声、第三声的时候，就顺利多了。虫们试出了第一声，一个季节的秋天，也就随着虫的叫声悄悄降临了。具体到纺织娘，其叫声也是有分工的。能鸣叫的都是雄性，成虫以后，它的两个前翅，能够相互摩擦，进而发出叫声。虫们的鸣叫，有自我娱乐的成分，到了交配的时候，这样的叫声应当也有求偶的功能。但与人类来说，听不懂"虫语"，却是实实在在感到时令的转变了。

　　由虫鸣立秋，又会想到一叶知秋。杜牧的《早秋客舍》诗曰："风吹一片叶，万物已惊秋。"有记载说，宋时到了立秋这天，宫内要把栽在盆里的梧桐移入殿内。等到立秋的时辰一到，太史官便要高声奏报："秋来了！"奏毕，梧桐会应声落下一两片叶子，以寓"报秋"之意。这里，说梧桐会随着立秋的时辰，应着"秋来了"的奏报，落下一两片叶子，实在也是神奇得紧。也说明时令的转换，实在也是自有其道了。

　　秋日多淫雨。几场雨过，天地一片清新。逢着傍晚的彩云飘过，洁净如洗蓝天边，一轮明月冉冉升起。此时，水银一般的月光洒在无际的草丛上，憋闷多日的虫子们，此时再也忍耐不住，此起彼伏地亮开翅羽。先是独唱，再是合唱，先是单声部，再是多声部，如此虫的鸣声起伏跌宕，四野里很快就响成一片。一个静谧的秋夜，在无数秋虫的鸣叫中，显得更加清凉和悠远。此一时节，勿要说懒妇，便是夜读的文人，也是要引起岁月匆迫的忧思了。一千年前，欧阳子的感受便是："但闻四壁虫声唧唧，如助予之叹息。"

　　自然，除却纺织娘，秋虫的另一大劲旅，便是蟋蟀。较之纺织娘，蟋蟀的鸣声更清幽。尤其是夜阑人静之时，那远远近近的一两声蛐蛐叫，于那些烦恼失眠之人，便是最好的知音和伴侣了。蟋蟀也叫"促织"，和纺织娘一样，名中的字都和女人的纺织相关。说秋虫叫，懒妇惊，也便是形其名而具其实了。

　　去岁的秋虫，应该是早早就一命呜呼了，不然，它何以躲过那雪地冰天。今年鸣叫的秋虫，肯定是去岁秋虫的后代了，到了明年，应该是它们的再后代了。秋天就这么循环往复地来了去、去了来。一个人，也便在这循环往复中，在这一声声秋虫的鸣叫中，逐步走向自己生命的秋天。

张师

张师是学校家属区聘来的清洁工。

张师的标准形象,是手挥一把扫帚,一下一下地清扫路面。张师和扫帚的关系,是一而二、二而一的关系,扫帚是张师四肢之外的另一肢。不论什么时候你看到张师,他手中总离不开他的扫帚,扫帚似乎是长在了张师手中。

张师的扫帚很特别。一捆扎得很紧的南山竹,长度相当于他的身高。这是一种很适合做扫帚的毛竹。三尺高的竹身后,是丛生的细竹枝。竹枝很硬,竹节很短,使用的时间长了,枝尖已磨成了带角度的斜面。接触地面的部分,形成了扇形,在长久使用下,集体地弯成了合适的角度。这样一个角度,很吻合张师的身高。张师挥动这把扫帚,弯曲的部分,最大面积的接触到地面,保证了扫帚过后,所有的落叶及垃圾碎屑,都能最大限度的被扫帚扫走。扫帚中间,肢节凸起的这扎硬竹,被一匝挨一匝的铁丝紧紧捆住。帚把处,又匝了一圈平捆的铁丝。整个扫帚,结实、紧凑,像一件精致而又实用的工艺品,使用起来得心应手。这一把扫帚拿在张师手中，显出一种天造地设般的和谐与完美。

张师的形象实在称不上高大，一米五多一点的身高，还稍显佝偻。年岁上讲，不到七十，总也是过了六十五的年龄。人很瘦，但很精神。张师的头颅很"原生态"，像是远古蓝田人的侧面头颅，蒙上了一层肉皮。张师的眼睛不大，深陷在凹进的眼眶中，眼边的<u>丝丝</u>皱纹，都解说着他的慈祥与满足。张师的短发白了，是黑白间杂、白多于黑的那一种。同样这种白的，还有他的胡子。张师的胡子和头发保持着同样的长度，只是一个在头顶，一个在鼻子和下巴上。张师的皮肤是黧黑的，令人想起油画《父亲》中的肤色。令人印象深刻的，还有他的脖子。张师的脖子前竖着两根青筋，喉头在皮肤的覆盖下高高凸显。而喉下的喉窝，则陷成一个深坑。就是这样一个精瘦的老头，身上似乎储蓄着用不完的能量。

无论什么时候看到张师，总是挥帚扫地的形象。张师平时很少说话。很少说话的张师却酷爱秦腔。张师身上斜挎一条带子，带子的下端穿起一只收音机。什么时候看到他，韵味十足的秦腔都从他身边的小匣子里飘出来。张师的劳动是快乐的，他是在秦腔的陪伴下，从事着在别人看来既辛劳而又低贱的工作。扫地的张师很满足，一脸安详，一下一下地扫着地面，认认真真，没有<u>一丝</u>马虎和敷衍。他劳作着，也陶醉着。他从不东张西望，也从不中途歇息。他的眼光总是盯着脚下的地面，盯着那些落下的树叶和杂物垃圾，<u>丝丝缕缕</u>地，把它们打扫干净。张师扫过的地面，干净如新，看不到一片纸屑，落不下一个烟头。张师手中的扫帚，似乎是吸尘器的探头，一条马路扫过，身后就是一条洁净的柏油路面。有一些树叶，甚或是垃圾，会落进路边的冬青绿篱里。此时的张师会蹲下身来，仔细用手刨出落叶、垃圾及杂草，再把它们清扫出去。

校区的马路两旁，种植有多年的梧桐与刺柏。梧桐终年落叶，刺柏四季落刺。无论什么季节，都需要用扫帚，把隔夜的落叶悉数扫去。一日不扫，马路立时就显得脏乱起来。特别是遇到刮风或下雨的天气，第

105

二天一早，落叶和柏刺四处飘散，校园似乎成了久不居人的荒园。记不清张师是哪年来的，只记得自从张师的身影出现以后，校园的卫生是彻底干净了，并且是天天干净、月月干净、终年干净。一年四季，扫地的张师总是一成不变的模样，无非是冬天多了一件棉，夏天少了一件单。无论怎么变，那一只收音机总是不离身。那一只小小的喇叭里，四季飘出来的总是正宗的秦腔，或是旦角，或是花脸，或是激昂，或是缠绵。一段一段的秦腔，滋润着张师手中的扫把，送走了一个个万紫千红的春天，又迎来了一个个黄叶飘飞的秋季。

很遗憾，我一直不知道张师老家哪里，家中几人，甚至不知道他的大名。好几次想和张师拉话，递给他一支烟。我是看见他抽烟的，那是劳作完了，蹲在地上，用烟锅抽旱烟，那一幅眯着眼睛的陶醉模样。但当我走进他时，要掏出包里烟的时候，看见他专心劳作的神情，无暇停歇的样子，临时又放弃了。他总是在忙碌中，他的身体总是在动着，无论何时看见他，总是不息劳动的身影。如此好几回，我最终也没有给成张师一颗烟，也没有和他说过一次话，甚至没有给过他一句问候。

我一直想找机会，和这个可亲的老人聊一聊。我想当面表示对他的敬意。

暑期天热，我受邀外出采风一周。回来以后，见校园落叶满径、脏乱不堪，令人十分诧异。我极目搜寻，终于没能看到张师的身影。向邻居打听，回答说学校改革，要辞退外聘人员，让在职职工上岗。张师在被辞之列。

张师是被辞退了。

听到这一消息，我愣了半晌。接着就是对他没能表达敬意的自责。

自责过后，我的眼中有些发潮。

安康瀛湖

　　远古之汉水，流至1992年，流到了一个叫安康的地方，停了一下，停成了一个"瀛湖"。瀛者，海也；瀛洲者，海上之仙山也。瀛湖湖面万亩，若内陆之海；湖域千岛相望，为仙居之洲。晴则波光千里；阴则晦明变幻；春则湖花满山；秋则雾锁烟岚。湖以瀛名，实乃极其形而摄其魂也。

　　湖之前身，乃安康水电站矣。1975年，电站筹备，1978年，电站开工，届1992年12月，库成、湖亦成。时人不意，初，以发电计，再，以防洪计，三，以养殖计，四，以航运计。终于，一坝起，四计成。独不预湖成之后，游业之余计日显其头且岁岁得兴矣。

　　瀛湖之美，美在其水。《诗经》有曰："汉有游女，不可求思；汉之广矣，不可泳思。"汉水之美，先美在永。其水，流而为江，聚而为湖，浅而为练，深而为渊。一条大坝，使湖水向高空长，向天上长。一湖之水，春而为睡，夏而为笑，秋而为妆，冬而为眠。万亩湖水，山水相依。水挽山，山牵水。水以绿承山，山以绿接水。山水相连，直不辨何而为山、何而为水矣。泛舟湖上，可直味"纵一苇之所如，凌万顷之茫然"之意境。最矣哉，汉江之水，非黄河之水，硬而显碱；异长江之水，软而呈酸。汉江之水显中性，最宜饮用。如今，南水北调，满满一个瀛湖，清波生漪，盛满了北方中国解渴之甘露。湖中之水，乃天然山泉，水皆缥碧，深不染尘。近闻"水中大熊猫"之"桃花水母"，竟然湖中得生。该水母水清则生，水浊则死。由兹，满湖之水，便更见其美且日显其圣矣！

瀛湖之美，美在其岛。岛上有木，林木蓊郁；木旁生竹，竹丛参天；竹木林中生屋舍，或阁或楼、或亭或轩，各借地势，卓然而出矣。瀛湖之岛数以百计，最名者有四：曰翠屏、曰金螺、曰玉兴、曰关平。四岛者，湖上之仙山也。岛翠而秀，明水润之；岛秀而魅，烟雨笼之；岛魅而奇，晴岚幻之；岛奇而诱，美人高士隐之醉之矣。登岛上，游则为客，居则为仙，茗则为道，论则为禅。高则竹树阴翳，低则百花环绕，居则星级宾馆，游则明清园林。四面皆水，湖上瀛洲，绝桥弃船，惟我春秋。逢三五之夜，岛边赏月，恰夜风舒襟怀，有水汽弥宇间，观星汉洒满湖，望苍穹一轮满。此时，眼中见银辉遍布，耳中闻虫声唧唧，脸上有清风拂面，形骸得心旷神怡。于是，惟觉凡尘尽化，红嚣皆遗，羽化飞升，富贵何及？暗忖若恒居其岛，概不思蜀矣！

瀛湖之美，美在其韵。湖之惑，在于凭一池碧波，能衍生出万般之气象矣。日晴时上下天光，浪静时一碧万顷；日出时江水如蓝，夕坠时满湖金波。晨起时，有小桴入湖，船尖犁开雾中寂静之水面；日升处，白鹭缓飞，蓝湖上翩跹成一个个白色之音符。一句山歌，幺妹的亮嗓，惊起一只只露宿水鸟；一阵马达，船头的红旗后，牵过来一队航行的队伍。风起处，湖面岚开，一湖之微波，簌簌荡漾；雨来时，万滴斜坠，水面上点点余韵，环环成酥。山凹处，绿水静置，寂寂然成天外世界；岸凸地，乔林斜倚，嘻戏然现鱼啄倒影。冬日，偶逢雨雪，便见群山呈

108

琼枝，环湖镶玉边。一湖之美梦，化作雪花之翅膀，静静收敛。噫吁嚱，湖之四时不同，朝晖夕阴，遇水而湖高，水落而石出者，其万般韵致，虽丹青文墨，亦难穷尽其相矣。

瀛湖之美，美在其味。"吃、住、行、游、购、娱"，瀛湖之食，惑之难敌。库之初设，生态为其一也。如今湖区植被茂密，生态优良。山者高为松、中为栎、低为桑。环湖更有枇杷、柑橘、板栗、蜜桃、李子百果。春来百花盛开，十里香透；秋来百果成熟，香诱游人。湖边富硒茶，茶香味真。水中生鱼，汉江鲤、桃花鳅、云片白等，丰富难计数。最珍湖中鳜鱼，奇为流域之冠。饮者有陕南酒，食者有特色菜：熏腊肉、鸭嘴鱼、神仙豆腐、炕炕馍、血豆腐、土鸡蛋等，特色丰富，难以一一。食材皆产自当地，天然无污染。游者畅胸臆，食者美口福。更有陕南女子婉转之歌喉，蓝印花之腰身，故而酒醉人，人亦醉人。瀛湖之美食，味之于口而存之于心矣。

甲午（2014年）8月，同长安师友郭政强、商子雍、朱文杰、商子秦等同游瀛湖。众人中，书者韵，论者达，影者奇，诗者情。余皆不逮，惟秉笔粗记观感，以以上文字，聊谢瀛湖之馈赠耳。

满城风雨近重阳

马年之秋,长安淅沥多雨,三十多年前的那个淫雨关中,似乎又回来了。半月阴雨天中,耳闻梧桐秋声,目浸丝丝秋雨,脑海中不由跳出宋人的诗句:"满城风雨近重阳。"

说到重阳,则忆起菊花,提起菊花,则念及陶潜。菊为陶而世,陶为菊而生,实在是说不分明。"采菊东篱"之外,陶潜还有另一首:"菊花如我心,九月九日开。客人知我意,重阳一同来。"陶潜成就了菊花,菊花成就了重阳。

长安城中,菊花诗最为豪迈的,当数黄巢了:"待到秋来九月八,我花开后百花杀。冲天香阵透长安,满城尽带黄金甲。"黄巢是武夫,其实他先是秀才。秀才出身的黄巢,作出诗来,就有着武夫的气势,这也预示着日后的黄巢,是要以武力征服天下的。"九月八",正是重阳节的前一天,不用"九月九",是为了押韵的需要,更有着黄诗冲口爆破、气势凌厉的诗风,尤其是句首的"待到"二字。诗说重阳到来的时候,长安城里菊花盛开,满城的菊花绵延不绝,金色涌动,冲天的香气透满长安,"满城尽带黄金甲"。在黄巢的眼里,这当是怎样一个热烈、诱人、辉煌

110

的时节呢!

岑参于戎马倥偬中，仍不忘长安的重阳登高，其在《行军九日思长安故园》中唱到："强欲登高去，无人送酒来。遥怜故园菊，应傍战场开。"长安的重阳，在军人的征战、旅人的思乡、诗人的情思中，是温暖、缱绻、陶醉和向往的。李白离开长安了，有一年到了巫山，重阳的时候还不忘登高，其诗言曰："飞步凌绝顶，极目无纤烟。"那一年李白五十八岁了，还有"飞步"的气势，可知登高于诗仙，实在有羽化飞升之魔力。杜甫也是一样，晚年疾病缠身了，到了重阳，登高依然是兴致不减。他在其《九月》诗中唱道："重阳独酌杯中酒，抱病起登江上台。"还有王维，十七岁那年，他独自离开老家蒲州，在长安谋取功名，重阳节时，孤身在外的他，不由赋诗一首，这就是他有名的《九月九日忆山东兄弟》。

"人共菊花醉重阳"。孟浩然说："待到重阳日，还来就菊花。"重阳时节，万菊盛开，朵朵吐艳，丝丝瓣卷，族类各异，雅趣横生。唐人邵大震的诗曰："九月九日望遥空，秋水秋天生夕风。寒雁一向南去远，游人几度菊花丛。"四句诗，像四幅清新雅致的重阳赏菊风情画，悠悠然向人们飘来。白居易的《咏菊》诗说："一夜新霜着瓦轻，芭蕉新折败荷倾。耐寒唯有东篱菊，金粟初开晓更清。"是自况，也是励志。元稹与白乐天堪称挚友，于重阳赏菊上，亦生同声。其《菊花》诗说："秋丛绕舍似陶家，遍绕篱边日渐斜。不是花中偏爱菊，此花开后更无花。"元诗一出，京城即广为传颂，白居易读后更惹相思："赐酒盈杯谁共持，宫花满把独相思。相思只傍花边立，尽日吟君咏菊诗。"于兹可见二人交谊之厚。长安的登高、赏菊，在元白二人身上，又有了新的意味。

"满城风雨近重阳。"

大雁飞过，菊花满头。如今一千多年过去了，重阳的菊香，仍穿过岁月的烟云，在重阳临近的时候，充满长安的大街小巷。

鸟儿的天堂

你想象不到,这里竟有这么多的鸟儿!
多日的秋雨,今天总算是停了。天气预报说,明天还是阴天,到了后天,就是多云了。此时,这里的人们正好吃完晚饭。吃完晚饭的人们,三三两两的出来散步了。这是一个有些年代的疗养院,整个院子的规划,显出上个世纪的味道。不是整齐划一,没有横平竖直。这里是顺着地势的起伏曲直,宛若自然地长出一幢幢建筑、园林来。楼宇不高,造型不同,无论其形状、色彩,以及所使用的材料,都亲切地融合着那个年代。一幢三层的楼房前,居中的部位,矗立着一棵硕大的国槐。国槐的树冠是墨绿色的,像是躬起的半个椭圆。饱经岁月的树身,扎在青砖圈起的园圃上,撑起了楼前的这朵绿云。楼房,正好冒出其顶,被这棵国槐掩映着。住在楼上的人,就如同住在风来绿动的云朵里一般了。

开阔的楼前,一条小径向斜边伸去。小径的一边,是花砖砌起的砖栏,一大片翠竹,便蓊蓊郁郁地挤满了园子。挤满了,一不小心就溢出了,砖栏的四周,便都是关不住的翠竹枝桠,弯曲着扑向地面。数不清的鸟儿,便汇集在这个绿色的海洋里。这里有各种各样的鸟儿,颜色不同，大小各异，此一时刻，都是各施其鸣。但是，其中喳喳不已、最为热闹、喧嚣的，还是麻雀。

此时，这里正上演着麻雀的大合唱，没有单声部，只有多声部、无数声部。其他鸟雀的叫声，都成了这一合唱的陪衬。成千上万只麻雀们叫着，伸展着各自的歌喉。许是多日的淫雨，清亮了麻雀的嗓子，在这个空气中充满了负离子的傍晚，麻雀们的叫声格外脆亮："喳喳——喳喳——喳喳""喳喳喳——喳喳喳""喳喳喳喳——喳喳喳喳"。麻雀们叫着，没有一个偷懒。麻雀们很兴奋，高兴地彼此交流着。它们天亮就醒来了，四处找虫吃。一天了，辛勤的它们终于吃饱了肚子，在天黑休息前，从四处归来。忙碌一天的它们，归来了，自然有说不完的话语。它们可能会说，哪儿的虫子多，哪儿的虫子美味，它们各自在捉虫的时候，遇到了什么有趣的事。更或者有年轻的雌麻雀，还会害羞地告诉闺蜜，哪一只健壮的雄麻雀捉到了大虫，殷勤地献到了自己的嘴前。于是，她和闺蜜都笑了，舌头"咯咯咯"地打着卷儿，脚下的竹枝，也就跟着麻酥酥地颤动。麻雀们的叫声，各有不同的音高，枝头或林底的麻雀，音色也各有不同。幼年或少年的麻雀，黄嘴褪去的尖喙里，迸出的是青春和节奏的欢唱；父辈的麻雀们，更多的是成熟和温和的叮咛；而老一辈的麻雀，胸腔发出着共鸣，透露着一生的沧桑和关爱。一只只麻雀飞进了竹林，抓住了竹枝，麻雀们是成群结队的，飞进了竹林，三五相好也是不散伙。它们聚集在一棵竹枝上，聚集不下了，才被挤到另一枝。麻雀们拥挤着，似乎成了结在竹枝上的"果实"。"果实"过于密集了，一颗挨着一颗，竹枝便在晃动中弯曲了下去。一根根竹枝上，都站满了麻雀。麻雀们唱着，还嫌不够，还要扇动翅膀，配合着嘴上的鸣叫。散步的人们悠闲地散步，似乎并不在意麻雀的合唱，也许这样的合唱天天上演，已经成了这里生活的常景。麻雀们自然也不在意四下经过的行人，犹自陶醉着，舒展着一天的歌喉。

"羁鸟恋旧林，池鱼思故渊。"此一片竹林，当是这些麻雀们长久的栖息地了。这样的一个疗养院，数十年了，这一片竹林，也就摇曳着这一片天地几十个春秋。麻雀们从这里生，在这里长，麻雀的父辈、祖辈，都在这片林子里，婉转过它们的歌声。这一片旧林，无异于是麻雀们的天堂了。"喳喳喳——喳喳喳"，麻雀们叫着，没有疲倦，并且一直热烈。如果麻雀的每一声叫，都是竹林里冒出的一个个绿色的音符，则整个竹林的上空，一定是音符飘动，拥挤着上升。这该是怎样一个蒸腾、清亮、翠绿而又叮叮玉撞的景观呢！鸟儿的叫声如响山泉，如鸣佩环，大音喳喳，小音叽叽，高高低低，平仄成韵。鸟儿们用它们灵巧的舌头，婉转的歌喉，把这个疗养院的黄昏，鸣叫得万般美妙。

此一时刻，听着鸟叫，你会觉得这一片空气，实在是万般的洁净与美好。这儿是鸟儿的天堂，也是人类魂灵的乐园。你会觉得，你乐意在这里驻足，在这里流连。你会舍不得这久违的、天籁一般的鸟叫声。你甚至会突发奇想，这里的鸟叫声，完全可以以每分钟多少钱为单位，卖给那些久困水泥森林的城里人。你会肯定，这一买卖一定看好。然而很快，你会为自己的念头后悔，这样的鸟叫声，岂能允许用金钱玷污？

你当然也不会知道，就是这样一个所在，于人类来讲，正是隔离和专项治疗某些疾病的地方。于人类需要隔离和彼此都习惯戴上口罩的所在，这样一个空气中随时可能有传染源的区域，竟生活着从未见过的如此之多、如此健康快乐的鸟儿！是鸟儿们不畏惧这样的空气？是鸟儿和人类不同，对人类的这种传染疾病带有天生的抗体？也许是，也许不是。但耳闻这样的鸟叫声，你会坚信一个道理：像鸟儿一样，无忧无虑地歌唱吧。人类的生活，本质也该像鸟儿一样，充满着色彩。

这里是鸟儿的天堂。其实这里也应该是人类的天堂。

思路一转，人们突然会领悟：其实天堂就在自己身边。

让我们感谢这些鸟儿，谢谢了！

哈，咱的 12 路

12 路是我家门前的一趟公交车。

家门口的公交车共有三趟，唯有 12 路最温馨、最可心。这些年，12 路简直成了我出行的首选，某种程度上，简直有些"私家公交"的味道。在川流不息的都市里，特别是在华灯初上、每天下班时人潮涌动的车站旁，每每看到头顶鲜亮的红标牌，从车流缝隙中快速驶来的 12 路，立马会产生亲切温馨的感觉，那是自家的公交车又到了。

便捷是 12 路的最大特点。大门外即是车站，从这里即可直达城里，穿过玉祥门直到西郊。我的工作及生活区域，几乎都可以从 12 路起始。无论在城市的什么地方，需要坐公交时总习惯性地思考：到哪里可以坐上 12 路。坐上了 12 路，就可以坐到家。曾有一段时间，我需要从家里到城里的莲湖路往返，12 路简直就是特地为我所设一般。早上出门坐到目的地，晚上从目的地再坐回来，且来回几乎都有座。不像自己开车，一路上要操心红绿灯，担心前后左右的车辆擦刮，更要随时注意可能发生的追尾事故。坐车实在是彻底的放松自在，一路的无忧无虑，更可以一路欣赏风景。景色欣赏够了，常坐后排的我于是闭目塞听，脑海里就开始放映杜牧、李白、范仲淹们。这个时候，曾经和吴均相会，在他的《与宋元思书》中流连；同陶弘景握手，在他的《答谢中书书》中徜徉；与五柳先生唱和，随他的《归去来辞》吟咏；和太白先生神通，在他的"桃李园"中"开琼筵以坐花，飞羽觞而醉月"；偶尔一次，竟也莫名陡生"念天地之悠悠，独怆然而涕下"之情愫……如此路途，神思放飞，心灵澡雪，实可谓其乐也12路，其忧也12路矣。

哈，还得说上一句废话，12路，称得上是真正的汽车矣。因为时下的都市公交，都有渐渐弱化成牛车的趋势。然12路不同，12路的快速似乎应该排在全市前列。从南郊乘车到北大街，我感觉它比地铁慢不了多少。不懂公交调度站的时间安排，不知道一个往返，公司对每一辆车的时间规定为多少，但觉得，12路的时间设置是科学合理的。用这样的一个时段，跑完一个全程，应该是实现了效率的最大化和经济的最大化。给人感觉，12路的驾驶团队，似乎是公交队伍中的王牌军。他们受到过专门的训练，践行着同一理念。包括女司机，和男司机一样，其技术和风格都吻合着12路，其开门、关门、启动、加速、报站等，都是那么的协调熟练、干脆利索。如果把公交网络比作人体系统的毛细血管，12路这一条血管，应该是颇具活力和畅通健康的。如果公交车效仿火车编号，12路堪当西安的"K"字头。在城市国际化的进程中，人流物流体现着一个城市的运转速度。12路的速度，某种程度上就代表着这个城市的速度。

曾经在新加坡居住过一段时间，诸多差距中，常常为新加坡公交的舒适、便捷和快速而感慨。回到西安，感觉西安的12路，除过硬件差距以外，多少有些新加坡公交的影子。12路真是太体贴了，早上六点发车，晚上十一点收车，一天只休息七个小时。另外间隔时间短，尤其在高峰时段，到车很及时，车上乘客也不比其他车辆拥挤。平常时段，绝大数乘客都能有座位，有时还有空座位。于是不免作杞人思：如此密度安排，公交公司是否会亏损？乘车打卡五毛，同时尚有许多"连响三声"的打卡老人喜欢坐12路，如此低廉和实行老人免费，公司又有几多收益？哈，不管那么多了，于乘客来讲，低廉就是好事。于是，想吃泡馍了，我也"不惜"坐12路进城到坊上去一回，因为来回才花一块钱。若要开车去，停车一小时，还要交停车费三块，尚不算来回的汽油费。还有一大诱惑事：劳武巷的鸟市——西安人说的"档子"很热闹，五花八门的生活用品十分便宜。但最令我向往的，是逛"档子"很能找回小时候逛庙会的感觉，于是途经的12路就成了我的专线车。一次在"档子"闲逛，在一个旧书摊上，竟意外发现了1976年的《陕西文艺》和《群众艺术》，看到了当年商子雍的评论、党永庵的歌词、商子秦的诗歌，捧读之中感慨不已，顿生藏家捡漏之感觉。

每次等车，看到它熟悉的身影向我驶来，心里由不得就要感叹一句："哈，咱的12路！"遇到友人要光临寒舍，我总是告诉他们坐12路。因为坐上12路，就可以到我家。

坐了几年12路，没有和司机搭过一次话。有几次想表示一个乘客的赞许和感谢，但看到司机的专注和忙碌，话到嘴边又咽了回去。公交是城市交通的主力军，在低碳出行、减少拥堵、治污减霾上，城市公交大有可为。这里，我由衷地给12路"点个赞"，再给他们道一声：谢谢，你们辛苦了！

杲杲冬日光

　　一年四季的日光，大约只有到了冬季，才更多的引人爱怜。俗话说万物生长靠太阳，其实人的生长也靠太阳。寒冷的冬季，天寒地冻，如果坐在背风的地方，身上沐浴着暖暖的冬阳，周身的寒冷，也就慢慢融化了。当年白居易大约就有这样的体味，他在《负冬日》中写道："杲杲冬日出，照我屋南隅。负暄闭目坐，和气生肌肤。初似饮醇醪，又如蛰者苏。外融百骸畅，中适一念无。旷然忘所在，心与虚空俱。"白居易说坐在屋南的一隅晒太阳，微闭双目，此时就觉得有一股和暖之气从肌肤里生出。开头的时候像是饮了醇酿，后来又似乎是蛰伏的动物苏醒了。暖暖的冬阳之下，内外通融，浑身皆畅，只是陶然忘机，杂念皆无，心无旁骛地，享受冬阳下的温暖柔和、轻松愉悦。此番时光，因了冬阳，生出了恬然的闲适与温暖。此一番负暄，是冬阳赐予人类美妙的体味与感受。

　　人们感悟冬阳，离不开一个明亮。那是斜倚南墙下，微闭双目时，眼皮上的感受。红彤彤的、明亮亮的，眼开一条缝，立时有金焰刺来，这才有了明亮的判断。其实，这多是因为只有在冬季，人才会敞开胸怀，和太阳全方位接触的结果。此时，若再有三五知己，冬阳下斜卧，冷风背走，暖阳满身。各人或列国、或聊斋，或关云长刮骨，或及时雨施义。冬日下的这一片生态，便是分外的怡然了。

史料上"野叟献曝"的故事，说的是宋国有个农夫，经常穿着破旧的麻衣度过冬天。到了春天开始耕作的时候，他独自在太阳光下晒太阳。他不知道天下还有大厦豪宅、裘皮锦衣。他自信地对妻子说："晒太阳取暖，没有人懂得。我把这个方法献给我们的君王，肯定会得到重赏。"这便是负暄的由来。人生于自然，在自然界存活，到了冬季，依靠自然界的太阳取暖御寒，当是一种自然之道。这一做法，多也具有了健身、养生的功效。

高纬度的国家，接受太阳的普照较少，故而这些国家的居民，大多热爱太阳。日光浴的海滩上，常常可见这些居住地的男女，来到阳光充足的地方，无所顾忌地把自己打开，全方位地接受阳光的抵达与穿透。此时，皮肤酥酥的、麻麻的，先有温热，甚或有灼烫。阳光的光线，变成了针灸寒湿与阴冷的银针。与老外的日光浴异曲同工的，国人的办法，是冬日负暄。

白乐天还有一首《自在》："杲杲冬日光，明暖真可爱。移榻向阳坐，拥裘仍解带。小奴捶我足，小婢搔我背。自问我为谁，胡然独安泰？"如此一个明暖的冬阳闲适，要说不自在，也由不得自己。冬日的阳光，无法贮藏。当冬阳填充满了天地之间，最为奢侈的，便是跳进冬阳的海中，溅起阳光的浪花，随后，在其中醉然沐浴。

张岱的《夜航船》说："冬月之日，有'黄绵袄'之称。"张岱编著这段话的时候，应该是有体味的。冬天的阳光，一方一方的注满在你的面前，等待着你的走入。

冬天的阳光，是上苍对生命的抚摸。

冬天的阳光，是金色的宝贝。

茶香

　　紫阳女子唐丽，朋友圈发上照片，题名"茶香"：其盏而晶，其汤而翠，其颜而妩，其情而媚。题语曰："人生百态，静坐而候。茶一直未变，只是少了一方交心知己——放下手机一起喝茶吧，我们一直在等你！"。
　　好一个茶香！
　　香味中，茶香尤为独特。茶香究竟如何呢？舒展说，好的茶，其色、香、味、形，无不称绝：绿而不老，醇而不酽，香而不冲，美而不媚。一盏在手，轻雾袅袅，雅香四溢，缓品细啜，神舒气爽，超乎微醺而达到神仙的境界。好茶的感觉是甘香如兰，幽而不洌，饮后有太和之气弥漫齿颊之间。其无味之味，方为至味也。梁实秋回忆在青岛时，一潮州澄海朋友邀友品自己的功夫茶，于小盅而饮之，"若饮罢径直返盅于盘，则主人不悦，须举盅至鼻头猛嗅两下。"此之嗅，缘于主人对好茶香味之自负也。功夫茶中的武夷品茶，便有"三闻"程序：其杯底留香，给人嗅觉以惊艳之感，未及喉，先令人仰头合目自醉也。清人梁同书咏《碧螺春》曰："蛾眉十五来摘时，一抹酥胸蒸绿玉，纤褂不惜春雨干，满盏真成乳花馥。"是说十五六岁的采茶小姑娘，把新采的嫩茶放在贴身短衣的兜兜里，不想路遇了春雨，湿透了薄衫，也湿了衣兜里的茶。这样的茶，喝起来大约一定会乳香馥郁！此处梁的想象奇特而入理。其实，生活中的采茶女，自有其苦劳与苦心。钟敬文《松萝采茶词》其中之一曰："今日西山山色青，携篮候伴坐村亭。小姑更觉娇痴惯，睡倚栏杆唤不醒。"采茶女之苦之憨，跃然纸上。言及茶香，又思起清代才子袁枚来。袁枚曾在日暮荷花将合未合之际，把冬天用冰雪梅花浸过的龙井茶叶放进荷花瓣中，待翌日清晨花开时取出，并挹取荷叶上的露水烹茶飨客。如此之茶香，肯定更是别有风味了。

　　茶香醉人，人品人叹，然高屋建瓴、深中肯綮者，当属林语堂了。林语堂形容好茶的香味有一绝喻：说好茶味道和"婴儿肉"的香味一样！如此之形容，惊世骇俗，冠绝古今。然单木不成林，凡事皆成双，与林语堂"婴儿肉"比喻异曲同工的，是一位茶客喻之的"美人舌"。说如此之茶，骤然入口，仿佛伸进一条香软而温润的舌尖，好像是美人之舌。好一个"美人舌"，如此之香、之味，天下当不复有第二矣。以上二君之喻，堪称茶香比喻之双璧。

　　和饮酒不同，茶是适合独饮的。一人独处，缓烹慢煎，细品悠啜，无论窗外是日丽天高，还是楚雨密雪，心里都会有一种悄然的快意。饮茶的滋味如何呢？苏东坡有一句绮语："从来佳茗似佳人"。《金瓶梅》中，有一首《朝天子》调儿的《茶调》，其词道："这细茶的嫩芽，生长在春风下。不揪不采叶儿渣，但煮着颜色大。绝品清奇，难描难画，口儿里时常呷，醉了时想他，醒来时爱他，原来一篓儿千金价。"同样的拿茶比佳人，说明了他们对于两者认识的一致性。

　　"从来佳茗似佳人"，好！

　　四年前，在紫阳，在汉江边，就是这个唐丽，在古色古香的江边茶楼，给大家做茶艺表演。当时江风徐来，茶香弥漫，那一刻，品茶的人都有些醉了。当时就作有一文《汉江边，那一缕醉人的茶香》。四年后的今天，那一缕茶香，竟翻山越岭，从紫阳一路飘到了长安。照片中的唐丽比当年更漂亮了。照片中，茶是好茶，紫阳茶；人是佳人，唐丽女。"益品源"的这一幅佳茗佳人图，氤氲而出的，是奇绝而又隽永不息的悠悠茶香。

又不仅仅是茶香啊。

第五辑

菊醉重阳

只有到了重阳，菊花才会开满。

菊花开的时候，青山很蓝，蓝天很高。陶潜的耘锄挥过，东篱的两边，便都是一片盛开的金黄了。秋阳下，陶令的菊花生了翅膀，一支支菊花，便天南海北地打开了。

不像牡丹，菊花是平民的花儿。菊花不择人家，花开时候，门里门外、墙上墙下都是花儿。菊花好养，春天一颗颗种在盆里，到了秋天，一朵朵菊花砰然打开，白的、紫的、粉的、墨的，最耀眼的，还是金的。金色的菊花开了，开在金色的秋天，因了金菊，金色的秋天，也便被充盈到十分的饱满。

菊花三千多年前就开了，年年开。士人的菊花是从东晋开的，一路开到盛唐。菊花开了，从陶潜的南山，一路开到了长安。

长安的"药王"孙思邈在他的《千金方·月令》中说："重阳日，必以看酒登高远眺，为时宴之游赏，以畅秋志。酒必采茱萸、菊以泛之，即醉而归。"可以想象，隋唐时期，重阳登高赏菊的习俗已成风尚。

比"药王"小了一百多岁的元稹也是爱菊花的:"秋丛绕舍似陶家,遍绕篱边日渐斜。不是花中偏爱菊,此花开尽更无花。"元稹爱菊花,是爱花本身,更是爱五柳老人。

"无艳无妖别有香,栽多不为待重阳。莫嫌醒眼相看过,却是真心爱澹黄。"这样的爱菊,也只有僧人才有。

黄巢很早就向往长安了。他以菊花自比,幻想着自己秋后开放,百花皆杀。自己开放的时候,香气冲天,以至于是"满城尽带黄金甲。"黄巢是在菊花谢尽的时候攻入长安的。他曾为菊花鸣不平:"飒飒西风满院栽,蕊寒香冷蝶难来。他年我若为青帝,报与桃花一处开。"

其实菊花是不在意的,菊花不在乎季节、环境。菊花不愿意去赶春天的热闹。菊花不争功报春,却是在花信的最后,把自己开成了压轴的辉煌。

长安的杜牧九日齐山登高,不由得吟道:"江涵秋影雁初飞,与客携壶上翠微。尘世难逢开口笑,菊花须插满头归。"于是就羡慕古人,一支菊,一杯酒,一卷诗书,放足山林,翠微远眺,宠辱偕忘,该是何等襟怀。

"心逐南云逝,形随北雁来。故乡篱下菊,今日几花开。"如今,重阳时节,在都市拥挤的高楼上,江总的诗,不知道有多少人,还能否吟出南人的意味。

重阳的菊花,开在明亮的秋阳下。

大雁飞过,菊花满头。

只一支菊,重阳就醉了。

山麓，那一株千年的银杏

那是在终南山下的一个寺院，一棵高大的银杏树下。

夕阳斜照着，银杏的黄叶，落成了树冠下一层厚厚的地毯。如洗的蓝天中，银杏枝头剩余的黄叶，还在时不时地，随风飘落。寺院静静的，黄色静静的。只有飘落的黄叶是动的，在空中一左一右地飘荡。飘啊飘，最后融入在一片膨化的叶海中，听不到一丝声响。

你首先会被眼前这满地、满树的黄色给震撼了。你会情不自禁地叹一声：啊，这么黄，这么黄的银杏的叶子！你的足下会生了根，迈不动脚步。你的目光被这惊艳的黄色攫住了，并且是越攫越紧。你会觉得，这满树满地的黄叶，正像亿万只黄色的蝴蝶，飞累了，栖息下来。此刻，它们静静地落在地上，落在一起，翅膀支撑着翅膀。该怎样形容这银杏叶的黄呢？这时候，首先挤进你脑海的，就有一个词，"纯"，对，纯。你肯定这个词描述得很准，在这一时刻，在这一对象上，是非它莫属了。纯到什么程度呢？应该是百分之百，或曰"四个9"。就是说几乎不含一点杂质，纯纯粹粹。纯纯粹粹的黄着，黄得纯纯粹粹。以致你会在心里惊叹，这银杏的叶子，咋就会这么黄呢！你似乎是第一次认识黄色，第一次不走形地认识到最正宗的黄色。它们黄得如此之正，如此之纯。再浓一点，暗了；再淡一点，轻了。好像大自然运用着神奇的手，在黄色的滴瓶里，恰如其分地滴进原汁的老黄，随手一泼，满树的银杏叶，一刹那中，就都黄成了同一个色调。你会接着感叹，美术学院的教授指导学生认识黄色，真应该来到这里，来到这棵银杏树下。指着满树的黄叶，给学生们说：看，这就是黄色，真正的黄色！

此时，你的脑海中会闪出第二个词："杏黄"。随之浮现在脑海的，是绿林的山寨，山寨顶上那狼牙的杏旗；会出现街巷，商家店前的那一面杏帘，就都是这个黄了。然而，面对满树的银杏叶，你会觉得这个"杏黄"明显是偏了。杏黄固然为黄，但总体上还有未褪尽的绿，还有熟早了的红。那黄的色调，掺杂着成熟过程中时光的因子。你会觉得，杏黄贴在你面前的银杏叶上，是不恰当的。你会在心里说，杏黄，不属于眼前这一棵深秋的银杏。

面对着这一树的黄叶，你的脑海，还在不断翻检着色谱的词语。"金黄"？重了些；"鹅黄"？轻了些；"橘黄"呢？浓了些；"米黄"呢？又木了些。你突然会觉得，在季节的调色板上，在这个深秋的时节，这一株银杏的黄，实在是大自然调色中，纯而又纯的一项天然杰作。

天很蓝，蓝得纯粹；叶很黄，黄得干净。蓝天大地之间，这一棵硕大的银杏，披着万片纯黄的鳞甲，透视着无际的苍穹。昨夜一场秋风，伴着淅沥的秋雨，一早起来，满地的落叶，就铺厚了地面。卸下了满地的金黄，银杏树的重量减轻了。那些还没有掉落的叶子，在风中挥舞着手掌，阳光反射在雨后的叶面上，直晃人的眼。风中弥漫的，是淡淡的银杏叶的香。伫立在这满天满地的黄色中，你的心地一片澄明。你在心灵的底片上，一遍遍感光这空中纯粹的黄叶，这满地的折翅的黄蝴蝶，还有这被黄色晕染的，无边无际的空气中黄色的味道。

夕阳，斜斜地照着。斜斜照着的夕阳投射在满树的黄叶上，你分不清是银杏染黄了夕阳，还是夕阳染黄了银杏。你只觉得秋后的夕阳和这秋后的银杏，"金风玉露一相逢，便胜却人间无数"了。

此刻，在乙未深秋的这一个下午，就在这样一个山麓，这样一个寺院，这一棵千年的银杏，"轰"的一声，叶子全黄了。就这么黄着，黄过千次，黄过千年。

"况属高风晚，山山黄叶飞。"

寺院的钟磬响了，时轻时重。归林的寒鸦，正在点点飞来。

黄叶，被钟磬的响声震落了，再一次飞舞。岁月的时光，浮在钟磬的翅膀上，飞着。它飞过大地，飞过蓝天，飞过人们的心灵，越飞越远。

长安大雪

西安的今年还没有雪。

"昔我往矣,杨柳依依;今我来思,雨雪霏霏。"《诗经》上的这几句,也是在解释着时光的速递。长安,这个羊年的年尾,雨来过好几场了,雪还没有来。

就更没有大雪了。

站在长安的地面,仰望着雾霾之外的青天,就想着千年岁月前的,那一场接一场的雪。

"岁暮风动地,夜寒雪连天。"千年前的长安,隆冬时节,当是年年雪花六出,岁岁冰晶飘舞。长安当年的雪,是何等景象呢?"秦中岁云暮,大雪满皇州。"同样的雪,落在长安,雪也有了皇家的气势。白居易的感受,是准确的:这样的一场大雪,这样一场大雪下的巍峨皇州。最有味道的,是傍晚时分,天空将要扯下的无穷棉絮。彤云、日曛、近暮,大雪就要来了,该如何迎接这令人难眠的冬夜呢?"晚来天欲雪,能饮一杯无?"香山居士的选择是,邀挚友,围火炉,畅饮酒,听雪声。许是当年在长安，就这样听了，以致后来到了洛阳，还会再邀新朋。如此大雪一夜，晨当何种景致？"已讶衾枕冷，复见窗户明。夜深知雪重，时闻折竹声。"这样的一场大雪，免了农事，迟了政事，熄了商事，止了塾事，以至于衾衾诸公的白居易，也是"粥熟呼不起，日高安稳眠"了。

好一个乐天之雪，长安之雪。

千年前的长安，雪花应该是如席的。如席的雪花遮盖了关中、遮盖了终南，还有雪下这鼎盛的皇州。"终南阴岭秀，积雪浮云端""长安大雪天，鸟雀难寻觅""积雪满阡陌，故人不可期""夜来门外三尺雪，晓驾炭车碾冰辙"……之后，雪花漫卷，岁月轮转。张孜走了，祖咏走了，王维走了，白居易也走了。唐朝如席的雪花，也跟着走了。

唐朝雪的背影，后来，漂浮在草堂寺的烟雾中，悬挂在慈恩寺的风铃上，匍匐在小雁塔的阴影下。丹凤门的角兽，从雪中顶出陶角；太液池的蒹葭，风中拨动着冰面；朱雀门的乌鸦，站成铸铁；天街的国槐，枝桠上落下串串雪絮……唐朝的雪，已然走远。自此，长安的雪，再没有了长安的气势。

零落千年。

近些年，西安的雪碎成了细屑，那些新生的雾霾，人造的尘灰、那些现代文明遗弃在空气中的各种分子、离子……什么都有了，唯有雪少了，也小了。当年的这一块地面，太需要当年的那一场场大雪。

"隔牖风惊竹，开门雪满山。"许多人心下自问：千年前的长安大雪，何日来袭？

连日的阴云在天上说：雪在路上。

人们大旱望云霓：路远么？风中的回音有些缥缈。

应该是很远。

和一家书店告别

下午从外地归来,休息时躺在沙发上看朋友圈:"关中大书房"真的要离开了。

尽管早有传闻,但此刻几个好友的讯息,还是让这些天本来就有些冰凉的心灵,被蜂尾蜇了一下。于是,一张张翻看那些照片,那些镜头,那些早已熟悉不过的角角落落。

似乎自己的身影,也是刚从其中的某一个角落移过。

"撑不住了"——房租涨价、成本增加、电商挤兑,位于西安小寨的"关中大书房",这个西安读书人的文化地标,存活不下去了。"偌大西安,竟容不下一间灵魂的书店"。奇怪么?也不奇怪。这就是"十三朝古都""文化大省",来中国要看"五千年文化"的地方。

此刻,同时"撑不住"的,还有店主人魏红建的红眼圈。

资深报人、著名作家贾妍,前不久访问魏红建,问他最喜欢书店的哪个地方?店主人凝神片刻说:"最喜欢那个楼梯上坐满读书人!"说完,两人俱是无语。贾妍说,那时,透过二楼的布帘,那楼梯上的人,每个都带着暖意。

著名作家钱理群、陈忠实、叶广芩、安黎，诗人余光中等都曾造访过关中大书房。2004年，台湾出版界的媒体人来到书店，看了很久以后说：在大陆还没有见过这么有文化品位的书店，比台湾的诚品书店还好。一个文化特色鲜明的实体书店，实在无异于一个城市的文化符号。

十一年，在这个地方。这一片绿荫，仿佛喧嚣干枯的沙海中，一眼喷涌的绿泉。有多少人在这里饮过水，有多少人在这里解过渴，有过多少人，以这里为生活中的精神必须。更有多少种子，从这里种下，那些幼童、学子，如今他们飘散成漫天的蒲公英，在以后的哪年哪月，在中国、甚或在地球的什么地方，生发萌芽……

自己第一本散文集《人在长安第几桥》，也曾摆在这里畅销书的摊位上。我也曾拍下了行销的照片作为纪念。感谢书店的工作人员，书籍销售完毕，立即结清了我的相关账务。

无数次地在这里逡巡，在这里流连，也在这里艳遇，艳遇一个个读书美人。著名作家孔明说过，他最喜欢校园里树荫下读书的女子，说那是世间最美的女子。这里，常常就有这样一些女子。她们痴读的影像，无论从哪一个角度透视，都是最美的写真。

曾经有一位美女作家，其文字之美、书法之美，令人赞叹。有幸在听筒中聆听过她天籁一般的声音，那是从未耳闻的一种美音。她也是这里的常客，她说曾经见过我在书店的背影。谁知当时机缘不巧，失之交臂。如今书店告别，我与美女在何地得遇？

小十年了，我书房的一半藏书，来自这里。一半藏书的多一半，来自这里的折扣柜台。

我的"关中大书房"。

书店没有了，以后，我不知道自己还会不会去小寨。

如今，开在关中中心的"关中大书房"，存在不下去了。西安人由不得要想一下，自己是否对得起祖先脚下的这一片土地？

关中大书房要告别了。

小寨的星空，黯淡了一片。

一别西风又一年

题记：岁尾，作此文，代为友朋祝福新年！

今天，2015 年的最后一天。

此刻，我怀念一年中我键盘上走下来的那一个个汉字。

一年中，我的键盘上走下来一个个汉字。它们走下了，落地就生了脚了，遇风就生了翅了。它们会走会飞，这是它们的自由。我的这些汉字一旦走下来，就不再属于我了。它们不再受我的控制，它们四海为家，各自就旅行、游玩去了。它们看各处的风景，也被各处的风景看。它们有的走得很远，飞得很高，但我总能看到它们在风中云中的笑脸。它们一个个都是我的孩子，无论它们在什么地方，都从未远离，都在我的心上。

我爱它们。

因为爱它们，我便也失去了许多的爱。尤其在这个年份。

我的书房是"长安采兰台"。朋友问：为什么在长安？我说长安好。

长安比西安少了枪炮的厮杀,多了翰墨的敦厚。我人在西安,心在长安。《人在长安第几桥》,我一路徜徉,一路跋涉。长安的西北有个第五桥村。我想当年肯定是有桥的。长安共有多少桥,没人能说清。我是在寻找,在发现。在这里,我找到一个偏旁;在那里,我发现一个部首。我把这些发掘出的偏旁部首,组合起来,就是一个汉字。我把一个个汉字集合起来,叫上口令,它们就站成了队列。我尝试着一条条口令,一个个口令的组合,尝试着把一群群的汉字,组列成一个个不同的阵容。完了,再挑出它们中的高个子,作为队长。

"山气日夕佳,飞鸟相与还。"人人心中,都有他的南山。我的那些文字,都是出自南山的烟岚,南山的峪水。南山的峪水,曾经流出了西周,流出了汉唐,流出了千古的潼关,流到了大海。我常常在我的采兰台,痴痴地眺望南山。"雨后复斜阳,关山阵阵苍。"南山景致,陶醉不尽。我的心灵,常常就偷往了南山。遇到阳光明媚的日子,我就把自己带到南山。和南山相遇,和南山相守。南山梁顶的空气是透明的,南山梁顶的阳光是不含一丝杂质的。秋日南山的期望中,有金针般的塔松,更有那站立着的,我曾经写过的,三棵金黄的白杨。

秋天很美。南山很美。

当年的刘禹锡,也是站在长安的地面,眼望南山,看到晴空下的一只白鹤。他那时候的心情,也便是南山清洗过的。

"一年一度秋风劲",可以再对上一句:"一别西风又一年。"

站在2015年的最后一天,眼望南山。

是那种目送归鸿,手挥五弦。

谁与我,共明月?

明月,在松间。

腊梅花香

朋友拍了一组腊梅的照片，发上博客。照片拍得很是饱满，富有层次。朋友是摄影控，他是共振了腊梅的魂灵。

观看着这一组照片，就觉着眼前一支腊梅轻轻晃动，从遥远的地方，且行且近。到了跟前，看清了，那是"挑担"院子里，那一株盛开的腊梅花。

关中人，给别人介绍妻子的姐夫妹夫时，称为"挑担"。我共有三个挑担。我的这个挑担是一个农民，和妻子的大姐结了婚。我的这个挑担本来是娶不到妻子的大姐的。他人小，个子低，长相普通，又没有多大的本事。而我妻子的大姐，高挑端庄，家里家外一把手，在那个年月，是兄弟姐妹中的好劳力。大姐本来是打算毁掉这桩婚事的，出嫁前伤心地哭。只因我的岳父是当地很有威望的一个村长，亲家也是他的老朋友，大姐便只有在哭哭啼啼中勉强出嫁了。

挑担家里只有一层平房，当院一棵枣树外，偏置一角的，就是这株蜡梅了。这是他在一次打工中，从绿化队丢弃的残枝中捡拾的。他没有见过真正的腊梅，听人说这是腊梅，他便捡了回来。农民的挑担，竟然还喜欢花卉，这让我多少有些诧异。他的院子绝大部分的地方都打上了水泥地面，只有在墙根留出一块裸露的土地，里边栽上了月季花和大丽花。这株腊梅也便长在这里。意外的是，被人丢弃的残疾腊梅，第二年还真的活了。

我是每隔一段时间，去乡下看望岳母的同时，都要绕道去不远的大姐家。看看大姐，再和我这个农民挑担聊聊天。挑担抽烟，我不抽。他抽的都是几块钱一盒的便宜烟。见到我来，他总是笑嘻嘻的赶紧掏出烟，从中抽出一支，要递给我。我不接，他就固执地一直那么伸着，直到我接。按年岁我得称他为哥，点烟应该我给他点。可他总是反过来，打着火要先给我点。我夺不过，他固执地把打着的火伸到我的烟前，给我先点。我的烟点着了，他才回过手给自己点。都点着了，我们就坐在院子的小凳子上，一左一右地吸着烟。这时候，他不和我聊他的日子，他的烦恼，而是和我聊萨达姆，聊马英九，聊美国的航天飞机，袁隆平的杂交水稻。我是在眼光一扫中，发现那株腊梅的。我惊喜地问，怎么腊梅活了？他起身，噗地吐出舌头上的一节烟丝，走向腊梅说，活了。眼光中就流露出欣喜。等我看时，发现腊梅的枯枝上，已爆出了不少的小花苞。花苞很圆，从枝秆上蹦出来，像是用蜡质沾上了一般。

这一年，挑担开始上楼房的二层了。后来又盖起了门房，里里外外全贴上了瓷片。头门也装上了红漆光亮的大铁门。

挑担人能量不大，但很勤谨。每年夏收秋收，都不请人帮忙，都是他和大姐自己干。女儿女婿在外地打工，给他寄些钱回来，他也舍不得雇机械收割。农闲的时节，他四处打工。时间长了，他学会了泥瓦匠。没有人叫大工的日子，他就天天上人市，给人打零工。后来，他买了一台手扶拖拉机，农忙的时候给村里各家收庄稼。又买了大型喷雾器，给农户的庄稼打药。一年到头，他似乎总没有闲下来的时候。

第二年腊梅花开的时候，挑担很兴奋。那是一个星期天，虽过了冬至，数了九，可那天院子里没有风，阳光也很温暖。这一年的腊梅孕育得很旺，不待到前，已有隐隐的花香扑来。其中有一朵，张开了它的第一片花瓣。其它的花苞还很小，圆嘟嘟地，紧紧地包裹着，一点都没有开放的意思。腊梅的骨朵如脂玉一般，被橙红的花托衬着，在风中轻轻地摇。转过一边，有一朵已经开了，像一只张开圆口的黄灯笼，暖暖地，花罐里盛满了金黄的空气。头顶上，一朵腊梅已经全部打开，此时的花瓣透明得如蝉翼，颤抖在冬日的蓝天下。淡雅的清馨，四散开来。其余的梅苞，朵朵都好似从蜡汤里浸过一般，古朴典雅，质感而充满自信。

后来，听挑担说，我走后的几天，腊梅都开了，十分繁盛，左邻右舍都来看。那些天，挑担的满院里都装满着淡香。后来，有两年没能看到挑担家的腊梅花了，但他给我说年年都开，还是那么繁盛。经常地，他给腊梅浇水。年节上的剩骨剩肉，他也埋到了花树底下。

再后来，再见到挑担，他还是给我让烟，还是先要给我点上火，然后我们抽着烟，聊国际国内。末了，他说村上的地马上要开发了，庄稼是种不成了，他把土地租赁了出去。这样他买了辆三轮车，专门开车接送村里孩子上下学。他以前开过车，有驾照。我嘱咐他多注意身体，毕竟年龄大了。他说他的身体没麻达，饭量美得很。他说这话的时候，我的眼前总会映现出腊梅树前，他笑嘻嘻的模样。

2014年的11月1日，是个星期六。这一天他第一次去保洁公司扫马路，这是别人给他介绍的新工作。中午下班时，他突遇车祸。送进医院抢救了四天，最终撒手人寰。从出事到去世，没来得及留下一句话。大姐在场，一时哭晕。

安埋他的那天，天气很冷。因为忙乱，我没有留意那天的腊梅到底开了没有，开得怎么样。

今天，看到博客上朋友拍的腊梅照片，我又想起了那株腊梅，想起了我的那个喜欢花的挑担。我的挑担离开他的腊梅已经整整一年了，不知他那边，有没有腊梅？他那里的腊梅，又开得怎么样？

但是，我是闻到腊梅的香了。

腊梅就开在我的眼前。

很香。

山里的云，谁看就是谁的

　　喜欢经常进山。
　　进山，去看山里的云。"云无心以出岫"，云的故乡是在山里的。
　　城里也有云，但城里的云不招人喜欢。城里的云不干净，它们被甚嚣的尘世污染了。城里的云虽然也在天上，但也挡不住城市的红尘三千。干净的云到了城市的上空，也便难得自洁。原本是棉絮一般的丝丝缕缕，便断了纤维，散了经纬，卷不起来了。没有了韧性，也就飘不成丝了。原本的蓬松，变成了混沌，原本的舒展，消融了身姿。白莲花一般的云朵，开不起来了，变成了废气的聚拢体。不断升腾的市声、车尘、温室气体，模糊了白云蓝天的界限。原本轻灵、活泼、轻轻飘动的云朵，成了一望无际的铅灰微粒。铅灰的雾霾弥漫着，密不可透地笼罩着云下的一个个城市。
　　这样的城市，令人窒息。
　　逃出去吧。逃到山里，到山里呼吸新鲜的空气，看那些洁白的云朵。看那些云朵，在蓝天上，尽情的开。啊，山里的云，就在人的眼前，可以撕扯。可以撕扯一把递到嘴里，嚼一嚼它的味道。

最为美妙的，是进山看云时，会在不知不觉间，走进云里。

如果可以早一点到达山里，飘带一般的白云，会在你不期而遇的山腰，扼住你惊讶的喉咙。云带锁在山谷间，上下分明。这样的一条带子，漂浮着、抽动着，绕着山腰，轻轻在游走。人也在游走，陶醉着云带的妙姿，却追不上云带的步伐。出现这一景观，多半是前一天山里落过雨。或者是后半夜，牛毛一般的雨丝，在清晨刚刚落毕。这样的一个上午，云带就出现了。这是山里看云最美妙的相遇。一切都是潮湿的。天上、地下，还有空中。此时人鼻口呼吸到的空气，都是湿润的。当人感觉到脸面湿润的时候，是身后漫过来的大雾，把人给包裹了，人是走进了雾中。此时的呼吸，是清凉凉、甜丝丝的。人的鼻腔、肺腔，似乎也有了雾化治疗的效用。于是人会不由自主地深呼吸，会匀了步伐，做着扩胸运动。那种多日集藏在胸底的污浊废气，会通过深呼吸，被逐步地清除。心胸，顿时也就畅快多了。正当人陶醉的时候，雾气离开了，四周恢复了清亮。再一定睛，刚刚包裹自己的，正是山间的另一条云带。适才经历的，正是云带中，幸福的一刻。而此刻，云带已游走到前面的山腰，开始蒸腾，随着太阳渐渐升高了。这样的看云，说是走进云朵，其实是被云朵追逐。这是山里的云给进山人的最高礼遇，可遇而不可求。

更多的时候，是躺在高高的山坡上，耳闻侧畔的溪水，背对明亮的斜阳，看蓝天下，云朵在广袤与深邃的空间里起舞。此时，一座座山峰在眼前展开，像一层层的刀刃，往远处递进。山间的幽蓝，便种满了山谷。天是蓝的，云是白的，山是绿的，太阳是红的。空气，尤其是这里的空气，绝对干净得没有一丝污染。人呼吸到的，是层层山林过滤过的、道道溪水粘絮毕的、剥过皮儿的、新鲜空气的核儿。云的妙姿，在这样空气的天空，才还原了云的本真。它们是自由自在地，婀娜出了原本的摸样。躺在山坡上，你能看到，飘过眼前的云，那从这头到那头的，中间的细胞与纤维。云丝们固定着,从人的眼前,透视般地滑过。只有当云走远了,你才会发现,云朵本身,也是悄悄变化着的。躺在山坡,远处的山谷,会悄不声儿地,飘上来几朵云。云朵们是在山谷玩够了,才飘上来。飘上来了,就轻轻地黏在了山尖。如果此时高山的山头正有风,云朵们就会像一串漂浮的气球,被一根线,轻轻地挂在山尖背风的一侧。

黑背白肚的喜鹊,从高松的枝头飞下来,滑出了一个弧形的轨迹,落在了草甸的一尊石尖上。举目所望,草甸上时不时会冒出这些石头、石尖的。石尖会落下喜鹊,也会落下杜鹃,还会落下云朵。云朵的水汽大约是重了,脱离开山谷冲上的空气后,就漂浮到这里,像一个个失重的硕大气球,在这里轻轻游动着。这样的云朵,和喜鹊打着招呼,同竹丛握手言欢,与草甸上的红桦勾扯着,不分不离。在这个"托体同山阿"的深山高处,云朵,实在和人有些贴面相拥的意思。周围什么都没有,十分寂静。只有这远远近近的漂浮的云朵,近了又远,远了又近,高了又低,低了又高。在草地上,留下巨大的、飘浮而过的阴影。如果从高处往下看,山腰的漫坡上,像是从天上放出的幻灯,奶牛花纹般的云影,正在向山坡投射。看云,也就常常被这迷人的云影给弄醉了。

看云最神往的所在,当是在山梁上。逢到好机会,会看到自己脚下,茫茫的云海。云海填平了高处山峰之外所有的山谷。置身的所在,实在就是仙境了。气象若一变动,云海便会流动,从这一山谷,翻过山垭,流入另一山谷。气压升高以后,眼前的云海便会升出山谷,变成一条条云带,一团团云彩,高高地排在天上。这时,就见高空的飞机飞过来,像一枚银针,把那一团团的云朵,缝缀起来。这个时候,人的思绪,就会随着云朵生出翅膀,在蓝天下扇动翼翅,一上一下,慢慢地越飞越远。

所以,喧嚣的闹市呆久了,就常常想着进山。进山去看云。

山坡上,你可以挥动着视线的鞭子,轻轻地,放牧一团团云朵。

因为,山里的云,谁放牧就是谁的,谁看就是谁的。

你,想随我进山么?

陌上年年花儿开

历史上一个"陌上花开"的典故，每每想起，总令人生万般感慨。

说是五代十国时，东南一隅的吴越王钱镠，有美妻王妃庄穆夫人吴氏。王妃每年以寒食节必归临安，与母相守，意阑方尽。一年王妃春深未返，吴王思念娇美娘子，又不愿莽撞行事，于是他给娘子送书一封，书中深情地说："陌上花开，可缓缓归矣。"意思是说娘子啊，你看看如今春意已浓，暖风拂面，那些孕育一冬的花儿，已然开了，多好的时节啊！你若要回来，沿路可以且行且观赏，不必着急，缓缓归来便是！据说王妃接到这封书信，感动得当即落下泪来，于是匆匆收拾行装，归来吴王身边。这真是武夫也存文人意，莽汉亦有绣花心。对此，清人王士禛说：钱镠的书信，"不过数言，而姿致无限，虽复文人操笔，无以过之。"

钱镠行，他爱江山，也爱美人。爱江山，他爱出了一个吴越国；爱美人，他爱出了一段千古佳话。钱镠一介武夫，"目不识书"，但他的"陌上花开"书信，不独对于王妃吴氏，对于天下的夫人们来讲，恐怕都很有着杀伤力。他是摸准了女人的心弦，巧用无骨的语言，温柔无比，却又欲擒故纵。大约再汉子的女人，遇此书信，也都会忍不住要化了。这是钱镠的高明处。

　　陌者，田间之小路也。"阡陌"之称者，南北为阡，东西为陌，来自于西周的井田制。陶渊明的《桃花源记》中就有："阡陌交通，鸡犬相闻"之语。陌上花，田间小路边的花儿也。花儿，其实无论生在何处，都是美的，但生在田间小路边，往往更有它独特的美。不比庭院，主家的花儿有仆人料理；也难比阆苑，花园的百卉有园丁剪修。田间小路边的花儿，是为自己开的，于是也便有了更多的天然与野趣。陌上的花儿，少了大家闺秀的雍容，多了小家碧玉的俏美。它们活泼泼地开着，嘴角挂着田野的清风。它们五彩斑斓着，像一群叽叽喳喳的山村少女，拥挤着在路边的花枝上奔跑。花瓣是它们的衣衫，花蕊是它们的眼眉。试想一下，江南三月，柳绿桃红，那些田野小路旁的花儿，摇曳多姿。清明的天气，微微的清风拂面，年轻的少妇，走在这样的小道上，飘逸着轻纱一般的裙裾，岂非是洛神再现？钱镠的"微信"，言简意赅，妙施丹青，晕染了一幅美妙的画儿，再把自己的美妻也点缀进去，有几多女人，能受得住这般诱惑？

　　以武起家的钱镠，名字却很有文化味。他的那个"镠"不像大多人误认的读 miu，而要读 liu。让后人记住他的，不是他的四十年江山，而是他的"陌上花开"，还有他的这个不读 miu 的"镠"，即"qian liu"。

　　如今，又是三月了，陌上的花儿又开了。面对着枝头奇葩，片片飞红，便想起一千一百年前吴越国的那个钱镠来，忍不住会吟出这样几句："年年花儿开，花上阡陌头。两情缱绻意，岁岁思钱镠。"

　　王士祯当年还有一句话，说："'陌上花开，可缓缓归矣'，二语艳称千古。"

　　"艳称千古"，王士祯说得甚好。

　　懂得如此疼爱女人的，钱镠是榜样。

桃花与女子

女子如花。如桃花。

谁第一个把女子比作花？套用柏杨的话来讲，"这个人应该进天堂"。

按现有的资料看，第一个把女子比作桃花的，是《诗经·周南》中的《桃夭》，其中有"桃之夭夭，灼灼其华。之子于归，宜其室家"的句子，描写的是女子出嫁时的情景。周南在什么地方呢？应该是在周朝都城的南边。周时，习惯于将江汉流域的一些小国统称之为"南国""南土"或"南邦"。采自于这一带地方的歌词，包括受"南音"影响的周、召一些地方的歌词，编辑者就将此命名为"周南"了。《诗经》中的"周南"共有十一篇，《桃夭》是第六篇。这样说来，第一个将女子比作桃花的，更大可能的是江汉流域的民间歌手了。再进一步设想，汉江流域的陕南距周王朝最近，那些采风的官员们，在那个交通不便的古时，将《桃夭》从陕南采出，可能性尤大。

学文的人大都知道一个孔颖达，孔是唐初大儒，注经上名声大得吓人。孔颖达解释《桃夭》说："夭夭，言桃之少；灼灼，言华之盛。桃或少而不华,或华而不少,此诗夭夭灼灼并言之,则是少而有华者。故辨之言桃有华之盛者,由桃少故华盛,比喻此女少而色盛也。"有这样的解释,他注疏的大名声,便不足奇怪矣。因为乡民们也都知道这样的道理:那些繁而密的桃树,其枝头花苞必小,开放时花瓣必薄。而诗经中所描述的桃树呢?营养饱满的枝干上,孕育着恰到好处的壮硕花苞,而绽放的桃花,其花朵则像初升的红日一样,极旺、极盛。此一状况,正好比正要出嫁的新娘一般。清人姚际恒的《诗经通论》说:"桃花色最艳,故以取喻女子,开千古词赋咏美人之祖。"诗中所描写鲜嫩的桃花,纷纷绽蕊,而经过打扮的新娘,此刻则既兴奋又羞涩,两颊飞红,真有人面桃花,两相辉映之韵味。桃花与女子,花容与女貌,就这么天衣无缝地融合在一起。这种民间的唱咏,开始具有了永恒的魅力。

此以后,以桃花来比美人的例子层出不穷:如曹植的"南国有佳人,容华若桃李";阮籍的"夭夭桃李花,灼灼有辉光";韦庄的"依旧桃花面,频低柳叶眉";崔护的"去年今日此门中,人面桃花相映红";陈师道的"玉腕枕香腮,桃花脸上开"等。也于是就有了"粉面桃腮""面如桃花""桃面柳眉""花容月貌"等词语。

桃花争开时,当为何等景象?也不过微风拂面,桃花烁烁,百木吐红,云蒸霞蔚。展目而观,见千树争妍;纵目而眺,现灿烂无极。当是时也,蜂戏蝶舞,嘤嘤成韵,风吹落英,片片飞红。然而,"桃花嫣然出篱笑,似开未开最有情。""残红尚有三千树,不及初开一朵鲜。"妙龄女子的最美之时,亦为豆蔻青春的初骨朵儿也!

又见桃花。还是好桃花。

"遍青山,啼红了杜鹃,荼蘼外,烟丝醉软。"清远道人笔下的唱词,用来形容桃花,也是好的。

在长安,见桃花,"灼灼其华"。

在长安,见美女,"夭夭其盛"。

三月的长安,人间的烟火,烧得正好。

花开在眼前

　　走过一家单位的门前，被一树樱花的云朵牵住了脚步——满树厚厚的樱花，开得十分的震撼。花开在眼前。

　　这就想起了韩磊的歌："花开在眼前 / 已经开了很多很多遍 / 每次我总是泪流满面 / 像一个不解风情的少年；花开在眼前 / 我们一起走过了从前 / 每次我总是写下诗篇 / 让大风唱出莫名的思念。"

　　走着走着花就开了。

　　这些天，人们时不时地，就会遇见各种花儿的灿烂。三月的大地，人们的步子都是匆忙的。人们匆忙地走着，匆忙地想着，匆忙地接听着电话。街边的花儿，就在行人匆忙的掩护中，自顾自地开了。小区里，先是遇到明亮的蜡黄，花瓣一条条地，迸出在丛立的花枝上。有路过的女子，摘下一瓣，举在眼前耀着蓝天。那黄，是十分纯正的那一种。继而，是甬道边爆粒的紫穗。无芽无叶的裸枝上，从下到上，关节处米粒般的紫穗，一粒粒从针孔中挤出，解压膨化，相互粘结成紫紫的丛丛簇簇。接着，就是楼前的一树洁白了。满树的花朵，高过头顶。无数的花串，丛丛开放。清风中，摇曳着一树清香……

花开在眼前。

人们的眼前，飘过来一枝枝花朵。各种花儿的色彩，排着队。

那一日，偶遇一树玉兰，静静地开着，像白鸽翻飞的翅尖。那一刻，人瞬间就被玉兰噤了声。那是一个人迹少至的地方，那时的一刻，无人、无风、又无声。玉兰站在那里，硕瓣玉裂，无人自香。

花儿们开着。各种花儿不看人的脸色，不在乎人的目光，不等人们有没有闲暇观赏。花儿是要开，就自己开了。

忽然就觉得，已错过了许多花期。心底自问，会不会"等到花儿都谢了？"但等什么呢？

这就又飘来韩磊的歌声："不知道爱你在哪一天 / 不知道爱你从哪一年 / 不知道爱你是谁的诺言 / 不知道爱你有没有变 / 只知道花开在眼前 / 只知道年年岁岁岁岁年年 / 我痴恋着你被岁月追逐的容颜"。

花开在眼前。

今岁的长安，各处繁花。那一天，也忍不住对着一树繁花，阳光下，心颤地，截取一个又一个画面。

第六辑

那飘上终南的云朵

周日，同著名书法家袁波、画家刘雁鹏、摄影师刘培兰等四人，一起上终南。润之当年有诗："跃上葱茏四百旋"。这天，四人驱车上终南，一路也就有了"四百"之旋。

猴年初夏，得几日透雨。此日云开雨去，艳阳蓝天。一路进山，一路景开心境。举目而望，见山越发幽，林越发翠，天越发蓝，云越发白。令人尤其称奇的是，山中的云，不是往常的一片一片，不是常见的一层一层，而是那天的一朵一朵。一朵一朵的白云，饱满得像莲花，轻轻地翻卷着，悄悄地绽放着。一朵一朵的，洁白得不染一丝尘埃。云朵们相跟着，呼应着，借着山间的灵气，溪间的雾气，在山谷山岭间，勾搭成醉人的媚眼。

从山底下，云朵就跟大家相遇了。相遇了，就跟着我们一起上山。转过了一弯，它追到了我们头顶，拐过了一岭，它又藏在了大家的身后。当我们轰鸣着引擎，一路攀爬之时，云朵竟然就在我们后边，呼应着给力。

书法家被眼前的瀑布吸引住了。举目，见肿绿的密林里，泄出一挂白练。在书法家举起手机拍照的时候，一朵白云适时地飘进相机镜头，在咔嚓声中定格。定格了，便活在了镜框中，连那翁郁得无边无际的绿色秦岭。

画家被山间的雏英吸引住了。洁白的花瓣，像梅花鹿的蹄印，拥挤在一片翠绿的繁叶上。一朵白云飘过，满树的繁花，在阳光下明暗变化着。画家抓住这瞬间的韵致，用苹果的针孔，透视出光与影的质感。

一路，美景不断，且行且赏析。

登上梁顶了，秦岭梁顶！

开门下车，临崖一观，哇，深深吸一口山谷里拂面而来的清新空气，顿感胸中海岳眼前飞。这里，是南方与北方的分界线，足下，是黄河长江的分水岭。站在这个秦岭终南的制高点上，胸襟，也如这山顶一样，豁然开朗。这一时刻，云朵们也眨着眼睛上来了。上来了，整理着它们也有些疲惫的手脚，悬在了大家的头顶。云朵们，一路拂绿林，擦山尖，蘸泉水，润鸟音，在雨后清风的梳理中，袅娜成耳边布谷的声音。

画家仰着头，书法家纵着目，摄影师旋转着镜头追云朵。一朵一朵的云上来了，变换着，牵裹着大家的眸子，一时也不知离去。众人正陶醉，就见又一朵蘑菇白云从崖尖长出，先像奔马，再似鼋鱼，又类麋鹿，终化羚牛遥遥而去。于是便想那悠悠东南，正是终南山之牛背梁，便知晓云朵之牛，也算是牧到了好去处。

"天上浮云如白衣，斯须改变如苍狗。"一千三百年前，杜甫大概也是到过秦岭梁顶的罢，不然何以有替王季友感慨人生的《可叹》诗："斯须改变如苍狗"，诗圣的笔法，算是穷竭了云朵的变幻。眼前的云朵漂浮着，漂浮到早他的二百五十多年前，南朝梁时的"山中宰相"陶弘景眼前。当年，齐高帝萧道成，修书茅山隐居的陶弘景，问他"山中何所有？"意在劝他出山为宦。通明接书回诗云："山中何所有？岭上多白云。

151

只可自怡悦，不堪持赠君。"通明眼前的云，他看了四十五年，一直到他八十一岁，高寿而没。

"只可自怡悦，不堪持赠君。"就是这云，这云从头顶这样说。一千五百年前的白云，从陶弘景的眼前飘到今天，飘到当下四个人的手上——大家轮番着，捧起一朵朵白云，在别人的手机中，嫁接在手掌上。云朵在天上，云朵在手上，云朵的根，实际是在大家的心上。这样彻人心扉、纤尘不染的白云，遗憾不能吸进心胸，涤荡都市人那久被污浊的肺腑。

书法家连日劳累，身困神乏，此刻却是意气风发，浑身旺力；画家近来偶恙，神力屡迷，经一路清风荡胸，翠绿涤目，更兼白云相诱，竟神情陡振，兴高采烈，大呼不药而愈、不药而愈。摄影师最为自得，窃喜无上美景，已被她精心采撷，收入镜中，她是要带回舍中，细细消受了。

午餐，四人围桌，餐饭饲饿，云朵饲饥，众人无酒而醉。

归来，回观岭上白云，已悄染金边。

是夜，有白云入梦。梦中生题：那飘上终南的云朵。

庭前十丈紫藤花

午后应邀访友，偶遇一架紫藤，不由驻足。

紫藤开花了！

这就想起宗璞。宗璞当年写紫藤，形容说是"紫藤萝瀑布"。说这样的一条瀑布，从空中垂下，不见其发端，也不见其终极。深深浅浅的紫花，在流动、在欢笑、在不停地生长。紫色的大条幅上，每一朵紫花，都在和阳光互相挑逗。

而那一刻，天空并没有阳光，是紫藤和我在互相"挑逗"。

晚上归来，在案头，搜罗关于紫藤的记忆。

最早关于紫藤的记载，当在西晋。西晋有人叫嵇含的，著有一本《南方草木状》，其中这样记述："紫藤。叶细长，茎如竹根，极坚实。"紫藤当是一古老植物，在中国可谓土生土长。如今陕西的秦岭一带，就分布有许多紫藤的野生品种。嵇含的著作称《南方草木状》，其实华北的许多地方，人们都是在广泛栽种。后来，明人李时珍的《本草纲目》，也有紫藤的记载。

近代有一本植物学著作，名之曰《花经》，作者是浙江奉化人黄岳渊、黄德邻父子。关于紫藤,这样记载:"紫藤缘木而上,条蔓纤结,与树连理,瞻彼屈曲蜿蜒之伏,有若蛟龙出没于波涛间。仲春开花。"其文笔之润泽,很有文学意味。

紫藤的历史古老,本身又很长寿,加上很有观赏性,民间一直喜欢栽植。过去的官宦之家、商贾之府,文士之庭,大户之宅,其庭院花园,常常都有紫藤之身影。最常见的,植之使其攀架,久而成廊。或使其攀绕枯木,生枯木逢春意。成年的紫藤茎蔓蜿延,枝干屈曲,枝头开花繁多,串串花序悬挂于绿叶藤蔓之间,瘦长的荚果迎风摇曳,颇耐观赏。故而自古以来,紫藤成了文人及画家吟诵与创作的重要题材。

李白曾这样写紫藤:"紫藤挂云木,花蔓宜阳春。密叶隐歌鸟,春风流美人。"形色兼备,简笔出神。此外,白居易也写紫藤:"惆怅春归留不得,紫藤花下渐黄昏。"还有岑参"竹径厚苍苔,松门盘紫藤。"萧嵩"夏叶开红药,馀花发紫藤。"李德裕"遥闻碧潭上,春晚紫藤开"等等。明人王世贞有《紫藤花歌》诗:"蒙耳一架自成林,窈窕繁葩灼暮阴。南国红蕉将比貌,西陵松柏结同心。"林则徐有:"垂垂璎珞影交加,翠幄银幡护紫霞。难得国香成伴侣,素心晨夕与天涯。"都是写紫藤的。京城纪晓岚故居,其庭院一架闻名京城的古藤,枝繁花盛,相传为纪晓岚手植。老舍曾作有七绝诗,后二句为:"四座风香春几许,庭前十丈紫藤花。"

明人文徵明,诗书画三绝,爱紫藤如痴,佳词丽句之外,于苏州拙政园手植紫藤一株,于今已五百余岁,仍岁岁铺翠,年年绽蕾。有此爱好的,还有袁枚。袁在沭阳知县时,"体恤民情,关心民生",教民植树养蚕,发展经济,并在县衙大院亲植一株紫藤。七十三岁时他故地重游,见紫藤浓荫覆地,欣慰不已。

"庭前十丈紫藤花。"还是老舍的句子好。

眼下,四月初,紫藤刚刚开花。再过些时日,花就开盛了。那时,再来此地,想必这一架"紫藤萝瀑布",恐是要泄出些涛声的。

开到荼蘼花事了

  许多的花儿没见过，比如荼蘼。荼蘼只在诗中。
  《红楼梦》六十三回，众人在怡红院为宝玉庆生，夜宴行酒令占花名时，抽到荼蘼的是麝月，上面题着"韶华胜极"，那边写着一句旧诗："开到荼蘼花事了"。"韶华胜极"，意指花事到了尽头，之后自然是群芳凋谢了；"开到荼蘼花事了"，是说荼蘼在春末夏初开花，荼蘼过后，无花开放，故而人意荼蘼花开是一年花季的终结。
  关于荼蘼，北宋有三位诗人有诗。一是苏轼："荼蘼不争春，寂寞开最晚。"二是任拙斋："一年春事到荼蘼。"三是王琪："一从梅粉褪残妆，涂抹新红上海棠。开到荼蘼花事了，丝丝天棘出莓墙。"
  荼蘼色香俱美，其藤蔓若以高架引之，可成垂直绿化之优良观赏花木。北宋川人范镇，与司马光至交，风云变法中，生活上却也清雅风流。南宋朱弁撰之《曲洧旧闻》有载：范镇居许下之时，庭前有荼蘼架，其高其广，其下可容数十人。到春季荼蘼花繁盛之时，范镇在架下大宴宾客，约定"有飞花堕酒中者，为余浮一大白。"结果笑语喧哗之际，微风过之，竟然"满座无遗者",每个人的酒杯中都落下了荼蘼花。当时四方传远,成为美谈,号之曰"飞英会"。这般雅兴,堪比东晋王羲之之曲水流觞。

也是在范镇"飞英会"的北宋,人们发明了一种制作荼蘼酒的方法:先把一种"木香"的香料研成末,投入瓶中,后将酒瓶加以密封。到了饮酒之时,开瓶斟酒,酒液已芳香四溢。这时再在酒面洒满荼蘼花瓣,酒香闻来正如荼蘼花香,几乎难辨二者之别。这一做法,显然是受"飞英会"之影响。于是,浮着片片荼蘼花瓣之酒杯,成就了宋人在暮春里的一场场欢会。

清康熙年间,有较早之园艺学专著《花镜》成书,其中对荼蘼有如下介绍:"蔓生多刺,绿叶青条,须承之以架则繁。花有三种:大朵千瓣,色白而香。"故而,在此之前,陆游有诗:"吴地春寒花渐晚,北归一路摘香来。"杨万里有诗:"以酒为名却谤他,冰为肌骨月为家。"赵孟坚有诗:"微风过处有清香,知是荼蘼隔短墙。"欧阳修有诗:"更值牡丹开欲遍,酴醾压架清香散。"纳兰性德有诗:"谢却荼蘼,一片月明如水。"清人厉鹗也有诗:"漫脱春衣浣酒红,江南二月最多风。梨花雪后酴醾雪,人在重窗浅梦中。"

资料上说,荼蘼生长于秦岭南坡以及湖北、四川、贵州、云南等地。喜欢在山坡灌丛、草丛、杂木林、溪边、山坡路边安家,这恐怕是关中少见荼蘼的另一原因。

辛弃疾告诫人们:"莫折荼蘼,且留取一分春色。"荼蘼是春天最后开花的植物,它开了,春天就要结束,"三春过后诸芳尽"。故而荼蘼在有感情的人类眼中,又是一种伤感的花。引申开来,荼蘼花开,暗喻着女子的青春已成过去。而"爱到荼蘼",则意蕴生命中最灿烂、最繁华、最刻骨铭心的爱即将逝去,如何不凄然成殇呢。

陕南的北部,当是盛开荼蘼的。这一远古的植物,如今该是何等摸样?盛产美女的陕南,也盛产荼蘼花,这便是自然。而荼蘼本身昭示的,没有对象,也无关幼老男女。

自然和社会,常常有着同等的启悟。人们在心中,也便该一谢荼蘼了。

一犁春雨趁农耕

几日阴雨，阴倒是实的，雨就有些勉强了。要像古人说的"一犁春雨"，尚达不到。比而推之，状其为"一锄春雨"，倒是实在。

雨太少了。

去年冬天，雪少。今年春天，雨也不多。陕南的朋友发来微信，说春上雨少，明前茶的嫩叶迸出得也艰难。又有朋友从陕南古镇回来，说今岁的油菜花也没长起身。山南山北的山沟里，也很少能看到丰沛的溪水。

雨水都去哪儿了？

说鱼儿离不开水，其实所有生物，无论动物，还是植物，都离不开水。春天的季节，雨水尤其金贵。当年杜甫逃难蜀城，也由不得替农人担忧，有《春夜喜雨》诗。在杜甫眼中，此时的雨，实在是好雨。因为它巧合时令，懂得这个时候，它该降临。不但适时降临，还巧择时机，在农人酣眠的夜晚，方伴着微风，悄悄降下。如此通灵之雨，知节体人，润物无声，于天下苍生，实有甘霖之恩。

雨水可贵啊。

四季交替，时序更迭，春种秋收，农夫多功。一年之计在于春。春耕时节，雨水尤为关键。农人的经验，播种季节，地里的墒情一定要好。或是去冬，有足够的大雪，所谓的"瑞雪兆丰年"；或为今春，有适时的春雨。如此，种子才能够种下去，才能够长出来。多好的墒情呢？古人的经验是：一犁春雨。一犁的春雨降下来了，农人整理好田地，前耕后种，种子就趁势入土了。这样的墒情下，庄稼的种子，就会发芽。农人一年的生活，也便有了指望。

"天上碧桃和露种"，晚唐诗人高蟾写这句诗，讽刺的是当朝的科举黑暗，然借指春日农人的适时下种，却是一般道理。种子，是要趁着墒情，及时下种的。否则，人误地一时，地误人一年。此时，一犁春雨就显得十分重要。

南宋名臣袁甫有诗："一犁春雨趁农耕"。这个"趁"字用得好。"趁"是随即、利用机会的意思，正说准了春时春雨和播种的关键。看来，袁甫是一个懂农惜农的好官。

"一犁春雨"，多好的农耕词汇！

何时再有春雨？

这就又念起了杜甫。

爱你，我的 2016

  2014、2015、2016……其实每一年都是有爱的，但即将离开的这个2016，我很爱！

  我的表哥、我的老舅，也爱这个2016。但他们爱得太深、太投入，直接跟着2016走了。

  又是一岁秋风凉。

  同此凉热的，还有身边的这个世界。

  祖父故去21年了。但祖父的笑面，仍如刀刻一般清晰。"如切如磋，如琢如磨。""出于幽谷迁于乔木""吾日三省吾身""汤之《盘铭》曰：'苟日新，日日新，又日新。'"……祖父是笑着的，然而祖父的声音，却是悠远地回响着。

  响声振落的，还有睫毛尖，雾凝的泪珠。

  2016年8月2日，一个普通而特殊的日子。清早，公司的黑板上，朋友早早写上了祝福：祝陈工生日快乐！于是，一瓶瓷瓶的茅台，微醺了一桌人。一起微醺的，还有那一段平淡的岁月。尘世中，灯红酒绿。

然惟于一个特殊的时刻，酒精能神奇的化开自己开悟的人生。

于是，以后的餐桌上，有了一只祖父当年用过的那种瓷盅。

"一生负气成今日，四海无人对夕阳。"同门的先贤，"残馀岁月送凄凉"的心旗，旌动了多少人！

故乡是没有了。有的，是一幢幢长起的楼房。当我站上楼顶，四野眺望的那一刻，耳边滚响的，是哗哗奔涌而逝的日子。

我是有房的，然而我知道，我是回不去了。"松门松菊何年梦，且认他乡作故乡。"

长安，挺好的！

咸咸的。

空中却并没有沉重的云朵。

拥抱一下，我的2016！

清香伴我又一年

总是爱花——阳台上积攒下成摞的花盆，便是明证。

2016年曾作有一文——《春来更有好花枝》。马上一整年了。年过得如此之快，让人有些无可奈何。刚才看到了窦文涛主持的《锵锵三人行》，梁文道就说，经常有记者提问今年看了什么书，几乎没有什么印象。也有活动要谈即将过去的一年，有哪些重要的事情，他的脑子里也是一片空白。无论什么节，什么日，社会的热闹一波接一波，他还是自己的生活轨道，只是会偶然警醒，又一年了。窦文涛谈自己体会，要说自己对哪一年印象深，就是某一不顺的那一年，几件事情印象尤深。其余的，都模糊了。有人问对哪一期节目印象深，窦文涛说就是现在的这一期。因为其他的都记不住了。

一年过得这么快，各人的体味各异。

理洵说："前些天还嫉恨一个人，忽然就忘掉了，原来亦是一年过去了；前些天还说要感激一个人，忽然就忘掉了，原来亦是一年过去了。前些天还说要给张三一个电话的，忽然就不记得了，原来亦是一年过去了;前些天还听李四说,要送一幅画过来的,却不见踪影,原来亦是一年过去了;前些天还听王五说,有机会要和老袁、老方聚聚的,突然听说老袁已是不在了,原来亦是一年过去了。一年,平平凡凡的一年,倏忽而过,却承载了太多的人世的不堪,但它还是过去了,一副决绝的样子。"

喜欢读理洵的文字。

天热的时候,一位朋友说,天凉了咱们一起喝茶。我说好。结果等到天再一次热了,茶还是没喝成。第二年天热的时候,我给朋友说,天凉了老哥请你喝茶,他也说好。结果第二年天凉了也没喝成。这就是时间。

去年,桌头有一盆水仙,清香盈鼻。

今年,桌头又有一盆水仙,清香已露尖。

恰逢岁杪。突然就觉得,清香伴我又一年。

老觉梅花是故人

　　进入三九了。查日历，今天是三九的第六天。

　　古人过得比现代人优雅，数九天有寒梅图，过一日涂一朵，涂满了，九九也就完了，春天就到了。现在的人都习惯于看阳历，到了几九或几日，需要查日历确认，无趣了不少。

　　三九的今天早上，突然就想起了梅花。歌剧《江姐》中有"红梅赞"的唱词："三九严寒何所惧，一片丹心向阳开。"歌曲赞美梅花，也是赞美一种精神。

　　国人爱梅花，由来已久。梅"独天下而春"，作为传春报喜、吉庆的象征，具有"四德"："初生为元；开花为亨；结子为利；成熟为贞。"梅开五瓣，又象征五福……从古至今一直被国人视为吉祥之物。

　　想起了梅花，就想起了古人赏梅的事来。古人赏梅为雅事，贵在"探"，曰"探梅"。宋人张功甫作有《梅品》，专旨介绍如何赏梅。在张功甫看来，赏梅应该有二十六宜，曰：淡云、晓日、薄寒、细雨、轻烟、佳月、夕阳、微雪、晚霞、珍禽、孤鹤、清溪、小桥、竹边、松下、明窗、疏篱、苍崖、绿苔、铜瓶、纸帐、林间吹笛、膝下横琴、石枰下棋、扫雪煎茶、美人淡妆簪戴。在此等二十六宜的情况下，赏梅更富有诗情画意。张之赏梅雅兴，令今人也真是醉了。

古人赏梅赏出了经验，便总结出赏梅有"四贵四不贵"来：贵疏不贵繁，贵合不贵开，贵瘦不贵肥，贵老不贵新。梅的枝干以苍劲嶙峋为美，要形若游龙。遒劲倔强的枝干上，再缀以数朵凌寒傲放的淡梅，兼覆一层薄雪，得现"古梅一树雪精神"。梅之赏，有了约定俗成的讲究。

古人爱梅成癖者众，其中推清人汪士慎。

汪士慎一生爱梅、画梅。五十四岁的时候，一目突然失明，遂刻印"尚留一目看梅花"，以表心迹。十三年以后，余下一目再失明，遂再刻"心观"一印，以抒其志。嗜茶、酷爱梅花的他，"饮时得意写梅花，茶香墨香清可夸。"他画梅花，极尽高人逸士的冷峻和清气，金农评价是"千花万蕊，管领冷香，俨然灞桥风雪中。"六十一岁时，其自述诗说："闲贪茗碗成清癖，老觉梅花是故人。"汪之所感，正是宋人姜夔胸怀。一年新岁，白石道人深有感喟："三茅钟动西窗晓，诗鬓无端又一春。慵对客，缓开门，梅花闲伴老来身。"

"老觉梅花是故人"，"梅花闲伴老来身"。三九了，没有想起什么人，只是想起了梅花。想起梅花的时候，却是无梅可赏。

今天的日子，也有人想起别的。清晨，有路边停车收费的小伙，裹紧了薄衣跳着一路跑过马路："三九了，把人的牛都冻纠了。"

人生斑斓。

梅花，"愈冷它愈开花"。

"故人"，你在哪？

小镇年集

　　腊月二十八，小镇的年集就圆了。

　　祭灶一过，镇上的年集就开始了。年集一开始，过往的人互相提醒着：要过年了！说这个"了"字的时候，声音往高一甩，再拐下来。虽说要过年了，人们大都还闲不下，各人都忙着各人的营生。赶集的人，还不是十分的多。人们是劳作经过镇上，看到镇上的年集上有了年气。

　　有那闲老汉的人家，慢慢开始置办年货了。老汉们有老汉们的打算，称旱烟是头一桩。散淡的集市上，老汉们两个一对，三个一堆，蹲在向阳的街边墙下，捉着对方的旱烟荷包，用劲地挖着。一个冬天了，兰花叶子的荷包是揉了一包又一包。年底了，老汉琢磨着，得称上二斤好叶子。

　　鸡蛋醪糟的摊子，撑在街东的南头。浑身炭屑的老汉，坐在一个马扎上，翘着山羊胡子，火车头帽子的一个护耳张着，随着风箱的拉动，上下煽动。"噗嗒——噗嗒——"风箱响着，醪糟的炉灶口，吐着红红的火舌。铜马勺里水要开了，顺着锅盖溜出蒸汽。灶头周围，正有几个老人圪蹴下来，一边吃着旱烟，一边双手向着火。

"嘎嘎嘎"的，有谁家的孩子捉来了自家的大公鸡，放在地上。鸡腿上栓一个绳子，踩在孩子的脚底下。公鸡是打算卖的，卖了鸡，再买些年货。公鸡很大，白身子红头，站在地上倒着脚，轻举几下翅膀，头一伸一缩，脸左一拧，再右一拧。看着集市上的新鲜。

公鸡的对面，有人拉来了一架子车的白菜。白菜一个一个地，身上捆着稻草。捆稻草的原因，一怕买主乱掰叶子，折分量。二怕搬运中菜帮受损，叶子变烂。不一会儿，白菜垛成半人高的菜墙。主家在里边，雪白的菜根，齐齐地，向着街道。已有头顶手帕的老婆，在掂量手中的白菜了。

紧靠白菜摊的，是堆在地上的红萝卜、白萝卜，还有成捆的大葱。年节的菜总是少不了的。家家户户，各样的菜蔬都要准备齐。有些人家，葱是早就买好了，那是偶然的一次集上，正有马车拉来的大葱，成捆成捆的，围满了人。腊月的天气了，葱是迟早要买的，趁价钱便宜，先提上一捆。但总有忙乱的人家，没有逮着机会，只得在年集上添买。各样的菜，都摆开在摊上，人们走着看着，看菜的好坏，问菜的价钱。

菜摊的对面，就是家家离不开的锅碗瓢盆了。一年了，家家的年货计划上，都要添几个碗，买几个碟，加一把筷子的。看谁家的瓷盆盆欠活，拇指勾起来上下打量，觉得装哨子正好，就也买一个。碗碗盏盏的货摊上，摆开一大片。碗都摞起，盆都摆开，碟子沾着稻草秆秆，也是一锭一锭的码放起来。时不时的，就有谁家的妇女，怀里抱着挎包，头上顶着头巾，蹲在地上一个个敲碗。"叮叮叮，当当当"，声音清脆的，是浑碗，没有暗缝。不清脆，带着丝丝的沙声，是烂碗，看着浑全，会渗漏。自然，碗口还要圆的，不能扁，扁了难看，也摞不稳当。家庭的妇女多少年和碗碟打交道，她们是挑碗的能手。这个分工给她们，男人放心。

锅碗瓢盆的邻家，就到了调活大料摊了。各样的调活，都装在一个小袋子里，半桩半桩地墩在支起的案板上。大茴香、小茴香、陈皮、花椒、桂皮、肉桂、白芷……铺开一片。身后的调料箱，堆成了山墙。案板底下，也满满是调料的各种包装。一阵风来，满鼻的调料香。家家年下的肉味儿，先从这里闻到了。

年集，开始一天一天的旺了。二十四、二十五、二十六……

集上的东西越来越多，跟集的人越来越稠。到了二十八，集市达到大盛。到了这几天，不忙的人早停了，忙着的人也止息了，男女老少，远远近近的人，都赶到集市了。一个冬天没有下雪，大葱萝卜还都便宜。结果今天天变，一早飘起来鸡娃雪来。人群惊喜着，感叹着。哎呀，"干冬湿年"，雪把人的心下乱了。快走，快走，看肉呀菜呀的怕要涨价！等到忙乱的人们赶到集市，果然菜价大涨，肉价大涨。哇，葱两块，萝卜块半，肋条肉三块五……哇，前两天买上的人心里庆幸着，没买上的人心里埋怨着。菠菜摊前，有人急问：菠菜咋卖呢？菠菜咋卖呢？卖主回答说：浑抓一块五！浑抓一块五！买菜人嘴里大声埋怨：心吃秤砣了，这么贵的！心吃秤砣了，这么贵的！一边埋怨，一边快装不止。

"走了，走了，油来了，油来了！"拥挤的集市上，身后传来呼喊声。前边的人听到了，哗的让开一道缝，结果过来的不是油，是背着背篓买年货的一溜人。卖油的，正在前边的人圈里。年底灌油的人家，都是提着自家的油罐子。油罐子早就腾空了，只剩罐底空不出来的油根了。一般人家，过年灌上三斤油，光景好的，可以灌上五斤。过年灌油，最是小心，瓷罐子打了，就打碎了全家的希望。这不，拥挤的人群中，有人的油罐子打了，碎在地上，油流了一地，旁边是哭泪的女娃。地上的母亲急疯了，双手把油往新买的碗里掬。油罐的提绳断了，罐满的油罐跌落，碎成几片。

肉市上，几架子猪肉挂起来，家家摊前围满了人。雪下来了，卖肉的嘴里哈着白气。大声问：要几斤？人群中有人答：五斤！卖肉的抡起砍刀，啪的一声，砍在挂起的肋条脊骨上。换了尖刀，转过猪背，顺着砍刀的刀口，沿背部弯腰锋利地往下滑，一直滑断。挂上秤钩，搬过秤杆一称，刚好五斤。啪地一扔，进了买主的篮子。末了，再割一片扔过来，算是添称。

偏午时分，年集完全沸腾。

"噼里啪啦……噼里啪啦……"卖炮的开始放炮了，目的是让买主听听自家的鞭炮有多干！一串响过，集市上一片蓝烟。这家的响过，那一家又响了，接二连三。"嘭，啪，嘭，啪""唔儿——嘭，唔儿——嘭，"谁家的二踢脚，一个个上了天……赶集人的心，本来就乱，再被这震耳的炮声一震，全乱了。

"哎，捎韭菜了！捎韭菜！""莲菜、莲菜！""黄酱、黄酱、爤哨子的好黄酱！""对子、对子！""门神、门神！""画张儿便宜了！画张儿便宜了！"轰轰声，嚷嚷声，叫卖声。人群拥挤着，踩踏着。背篓的，推车的，挎包的，肩扛的，高高低低，五颜六色。整个集市，成了开了锅的粥，热气腾腾。

腊月二十八咧，过年咧，过年咧。

采买完了的人，挤出了市场，蹲在地上，吸一袋烟歇歇劲。身旁，是各式各样过节的年货。挤出来了，长吁一口气，吸一口烟，再刮一把额头的毛毛细汗。

年就这么来了。

人们的心，兴奋地咚咚响。

赶集的人，提着、背着、抱着各样的年货，走在回村的路上。

村里，有人已放响了鞭炮声！

花之苞

  日日经过的楼角，玉兰的花苞在风中摇，越摇越大了。
  哦，花苞！
  一年了，去年的这个时节，也是这株玉兰，也是这个时候，玉兰的花苞也是这么摇着。春天的风，暖中带着刺，刮过了，还给人丝丝的寒。玉兰的花苞总是睡着，一个冬天都没有什么动静。绒绒的，尖尖的，互生在枝头，安静得和整个树枝一样。过完年，忽然有一天，玉兰的花苞有了动静，满树上，任何地方都没有动静，唯有这苞，有动静了。
  最初的花苞，混同于枝条上的嫩芽。说是嫩，其实并看不到绿色，灰灰的，紧靠在枝条的折弯处。由于瘦小，除去微微的隆起，和枝条保持着相同的形状。这样的埋伏，是从什么时候开始的呢？没有注意。但花苞是早有准备的。它是早早就瞄准了位置，从枝径里，一一都"各就各位"了。应该是秋风吹起的时候，它们就集体"预备"了。等到第一场风起，它们集体绷住了神经。一场风起，树叶变深，它们屏住呼吸；再一场风起，树叶变黄，它们摁住心跳；等到第三场风来，枝头的树叶

"吧"的一声根裂,在枝头招展了三个季节的叶子,终于脱离枝头,和风拥抱着,飘到了空中。那一只潜伏的种芽,便悄悄地上了位。这样的交接,无声无息,但人能感受到,那一定是轰轰烈烈的。

花苞定位了,苞心浓缩着花朵的基因。从秋天开始,花苞是慢慢披上了绒绒的外装,蛰伏在枝头,做好准备,迎接日渐寒冷的冬天到来。秋是一天天深了,空气越来越凉。白露、寒露、霜降、小雪……小寒、大寒,一路下来,空气中的冷气,日见加重。这个时候,就体现出了苞绒的妙处了。花苞的外衣,密绒如棉籽。蓓蕾的实质,就是包裹花心的叶片。风过苞面,正如毛皮抵风,毛绒,又在表面,降低了风速,减少了热量的流失。苞绒,实在就有了皮衣的效果。所以,尽管天气日见寒冷,深冬的冷风刺骨,花苞,还是从容地挺立风中。一场降雪、两场降雪,甚至雪著苞头,花苞,却从雪下探出头来,苞四周,融成了细微的雪洞。

一个冬天,树就那么站立着。花苞,也就那么蛰伏着。冬天的日照短了,光线还带着角度,但大晴的日子,冬阳还是有着充足的能量。没有了叶子的树,光秃秃的树枝,如何进行光合作用呢?这个时候,接受阳光最敏感的部位,当是花苞了。它们从内里,吸收着营养;从外部,接受着阳光;在空气中,完成着导引吐纳。外部的世界一片萧瑟,玉兰的内部,却积攒着生机。花之苞,正是树的气眼。

年过完了,六九七九,冰开雪化的时节,玉兰的花苞醒了。去年的这一株玉兰,花苞已胀成了穗形,苞尖裂开了嘴,神壮气溢的样子。我知道,玉兰的花是要开了。

又是一年。又见花苞。

耳边,就响起了一首歌:"我从山中来,带来兰花草。种在校园中,希望花开早。一日看三回,看得花时过。兰花却依然,苞也无一个。"当年,友人送给胡适一盆兰花,胡适是精心照料,然而从春到秋,兰花也未开,"苞也无一个",胡适是充满遗憾的。

而眼前的这株玉兰,是有苞的,许许多多的苞。玉兰去年就开了,开了一树,落了一地。

去岁,曾经与花有约。然而最终,等到花儿都谢了。

今岁呢?

今天从树前经过,又看到了满树的花苞,马上要开的花苞。"只恐夜深花睡去,故烧高烛照红妆。"今年,是不是就该这么站着,看着今年的玉兰花开!

你不来，我的花儿不开

最难风雨故人来。

"天下奇才"的孙星衍，拥书自雄。在他坐拥书城，南面称王的时候，仍珍惜挚友间的情谊，视之为"最难"了。这里，一是故人，二是风雨。风雨交加之时，有故友意外登门拜访，在伯渊看来，惊喜之余，实在是人间之至情了。

伯渊这里所讲的，是会友的意境。意境说，是士人阶层的雅兴，引车卖浆者流，是不意也不善行之的。悠悠绵长的农耕社会，人们日出而作，日入而息，春种秋收，夏播冬藏，农人四季，难有歇息的时候。于是，会亲访友、共话桑麻，常常是农闲之时、节庆之日的事。故而，农人的假日，只有老天来安排。而这最舒适的安排，便是下雨了。只有逢到了雨天，天地阴合，甘霖沛然而降，什么也不能做。到了此时，再勤勉的农人，也会心安理得地接受老天的假期。他们嬉笑着回到家园，放下农具，关上头门，舒心畅意地躺在自家的炕上，点燃一锅烟，高枕无忧地吞云吐雾。此时，耳边是淅淅沥沥的雨声，脑海里是久旱之后的庄稼，在雨中恣意欢悦的样子。

　　士人如何呢？士人都是乡里读书识字的人，他们秉承着耕读传家的古训。士人们读书，就特别看中自己后辈们的读书。无论后代从事何种职业，读书总是第一要位。逢到了下雨的日子，屋外的天地什么也干不了，士人们就只有展卷读书了。乡间的大户人家，多是识文断字的。他们的家长，正是家人读书的领导者。无有他人的时候，这时的家长一人独读。读论语，读陶潜，读中庸，读大学。咿咿呀呀的，微闭着双目，嘴巴上陶醉，鱼尾纹上陶醉。遇到了老伴厨间忙毕，得空上炕暖一下身子，一家之长就展了目，捧起卷在手中的线装书，给夫人读，一句句，读出了声。这样的时候，抑扬顿挫的读书声，伴着乡里的炊烟，在雨中，晃晃荡荡地飘。

　　就在这风雨声中，"哐哐哐"，头门的门环响了，有人在门外喊着："老三！老三！"老三是一家之长的排行，老友们称呼他，都是这般的亲切。扣门环的，是许久不聊的旧友了。在这风雨的日子，旧友顶帽着屐，登门拜访他的朋友来了。屋中的老三听到了，心中一阵欣喜，急忙卸下了黄铜腿的石头眼镜，招呼着孙儿给老友开门。咯吱一声，房门开了，老友卸下雨帽，携着一身雨气进了门来。老伴接过来人雨帽，靠在墙角让淋着水。彼此都呵呵而乐，便就脱了屐，上得炕来。上得炕来，靠墙屈腿坐了，就从后腰拔出烟锅，一边嘘嘘嘘地出着气，一边往荷包里挖烟末。老三就递过自己的荷包，让挖自己新称的兰花叶子尝。老友呵呵笑着，接过荷包摁着挖着，挖着摁着。挖满了，烟锅衔在嘴上，掏出灌汽油的棉捻子打火机，拨一下齿轮，再拨一下齿轮，刺啦一声，火苗着了，对着烟锅，叭叭叭地吸，口边，就喷出一股股青烟。此刻，老三的烟也点着了，两人就都叭叭叭地吸着。满屋子，开始弥漫起旱烟的香味。

　　老三就开始讲了，接着上回的"东周列国"。上一个风雨天，他们就在这炕上，对面吸着旱烟，讲列国。老三的列国熟透了，一回一回，细

173

细掰了，再细细道来。老友就只有悉听的份。关节处，常常要争执一番。争执过了，磕掉烟灰，再装满点上，叭叭吸几口，再展书，接着上回再讲。外面，雨还是雨，风还是风。房檐水淌着，一串一串。登槽的水，瓦都是小瓮大小，流下来了，哗哗哗的响。屋里的书，讲得正到火候。不知觉间，天就黑了，老友便被留下吃饭。晚饭吃毕，还有夜场。如是，难得的好雨，成就了一对难得的老友聚会，于老三来讲，实在是"最难风雨故人来"。会友，风雨天最雅。

时光转到了当下。

如今的人们都忙，友朋间的聚会，哪有风雨天相助。人们整天在电话上说见面，大家都没有兑现的机会。一次聚会，有人事先在三月的微信上说了："你不来，我的花儿不开。"时下，满目的百花都开了，还缺那一两朵吗？但是，还就是缺。清人的孙星衍有一副联："莫放春秋佳日过，最难风雨故人来"。如今无风无雨，有的只是盛情和美意，还有两位正开未开的花，焉有不去之理？

"你不来，我的花儿不开"。

还是诗人厉害。

第七辑

张洁的《捡麦穗》

能读到好作品，需要缘分。

那一年，很偶然的一个机会，读到了张洁的《捡麦穗》。这之前，并没有读过她的《沉重的翅膀》《世界上那个最痛爱我的人去了》。但读到了《捡麦穗》，我觉得我懂得张洁了。

一篇文章读完了，就刻在脑子里了，这样的文章就是好文章。《捡麦穗》就是这样。

前几天和作家王亚凤谈文学，认为文学的本真就是写人的至情至性。中国的作家很少获诺奖，此是和世界文学的最大差距。莫言有突破，也是揭开禁锢之一角。

把人的情感写到至真，就是好作品。

令人忘不掉的，是《捡麦穗》中的那个"大雁"姑娘。这是怎样的一个姑娘呢？刚刚能够歪歪咧咧地提着一个篮子跑路的姑娘；篮子太大，总是磕碰着她的腿和地面，闹得她老是跌跤；捡麦穗的她，总是看不见田里的麦穗，却总是看见蚂蚱和蝴蝶；当她追赶蚂蚱和蝴蝶的时候，拣到的麦穗，还会从篮子里重新掉回地里去……还有比这更真实的乡下姑娘吗？这是解放前，乡下农村村村落落身着花棉袄，扎着羊角辫，圆苹果一般脸蛋的女娃娃。

那个年代，关中夏收中，有许多的女娃娃，在"月残星稀"的清晨，就跟着大人们捡麦穗了。一个捡麦穗的季节，也许能捡上一斗麦。这样的一斗麦卖了，姑娘们会到集上去，扯花布、买花线，然后，剪呀、缝呀、绣呀……等到出嫁的那一天，把这些"陪方"装进她们新嫁娘的包袱里去。张洁也捡麦穗，尽管她的篮子里只盛着稀稀拉拉几个麦穗，但当她的二姨狡黠地忽闪着眼睛问她：大雁，你拣麦穗做啥？她大言不惭地回答说："我要备嫁妆哩！"于是，贼眉贼眼笑着的二姨问她：你要嫁给谁呀？她一时语塞，忽然想起了一个人，就说她要嫁那个卖灶糖的老汉！一圈的姨姨婶婶们听到以后开怀大笑，像一群鸭子一样嘎嘎地叫着。

卖灶糖的老汉是怎样一个人呢？大雁说她也不知道他有多老，只知道："他脸上的皱纹一道挨着一道，顺着眉毛弯向两个太阳穴，又顺着腮帮弯向嘴角。那些皱纹，给他的脸上增添了许多慈祥的笑意。当他挑着担子赶路的时候，他那剃得像半个葫芦样的后脑勺上的长长的白发，便随着颤悠悠的扁担一同忽闪着。"很快，灶糖老汉也听到传闻了。当他再一次出现在大雁他们村子的时候，老汉问大雁："娃呀，你要给我做媳妇吗？"大雁回答："对呀！""你为啥要给我做媳妇呢？""我要天天吃灶糖哩！""娃呀，你太小哩。""你等我长大嘛！""不等你长大，我可该进土啦。"大雁急了："你别死啊，等着我长大。"灶糖老汉乐了，拿出块灶糖递给她，答应着说："我等你长大。"大雁又问："你家住哪哒呢？""这担子就是我的家，走到哪哒，就歇在哪哒！"大雁犯愁了："等我长大，去哪哒寻你呀！""你莫愁，等你长大，我来接你！"以后的日子，灶糖老汉每到他们村，都会给他的"小媳妇"带些吃的，一块灶糖，一个甜瓜，一把红枣……还乐呵呵地对大雁说："看看我的小媳妇来呀！"

177

她不明白为什么，倒真是越来越依恋他，每逢他经过她们村子，她都会送他好远。她站在土坎坎上，看着他的背影，渐渐地消失在山坳坳里。年复一年，大雁看得出来，灶糖老汉的背更弯了，步履也更加蹒跚了。这时，她真担心了，担心他早晚有一天会死去。

终于，有一年，过腊八的前一天，她约摸着卖灶糖的老汉，那一天该会经过他们村。她站在村口上的光枝柿子树下，朝沟底的那条大路上望着、等着。终于等来了一个人，也是卖灶糖，但不是那个卖灶糖的老汉。她打听那个卖灶糖的老汉，人家告诉说，卖灶糖的那个老汉老去了。大雁说，她站在那颗光秃秃、顶头有一颗红彤彤的柿子树下，伤心地哭了，哭那个陌生的、痛爱她的那个卖灶糖的老汉。

等她长大以后，她总感到除了母亲以外，再也没有谁能够像灶糖老汉那样，朴素地疼爱过她——没有任何希求、也没有任何企望的。

张洁的一支笔，写足了人情的真，人性的美！

张洁是继冰心之后当代著名的女作家，她曾经说过："文学对我不是一种消愁解闷的爱好，而是对种种尚未实现的理想的追求，愿生活更加像人们所向往的那个样子。关于童年时代的那些回忆，往往充满苦涩，留恋的是那单一而天真的心境。"

如此"单一而天真的心境"，读得人满心颤抖，眼生泪花！

韦曲桃花

那一日，在少陵原，遭遇了一树桃花。

这是村口的一户人家。

我泊车路边，伫立街头，在等待友人的间隙，一树桃花，走进了我的目光。

这是四排泡儿钉子的黑漆大门。门紧关着，吊着的门环，静静的完全停摆。时间静止了。门楼的楼顶，人字成殷实的庄重。下午的斜阳，斜斜地照过，在门楼下的顶角，切割出阴影。没有狗。看不到鸡。听不到人声。蓝天下，只有这门楼、院墙、以及墙头后面的二层楼房，在一片温暖的阳光下，无声地静穆着。

嗡——的一声，一只蜜蜂饶了个圈，飞过去了。

墙里的一树桃花，从墙角探出。这是一株年轻的桃花，勾出墙头，笑意嫣然。有开怀的，有矜持的，有裹着嘴儿的，有尖成蚕蛹的。听不到笑声，却叽叽喳喳地挤在枝头。花是粉色的，鲜红并未消退。橙紫的花托，蜡质一般的，托起了粉红的舞女。

桃花自院角出墙，嫣然百媚。

"吱呀"一声，头门开了。一只狗头，从门缝下挤出。狗的黑嘴左右拨弄着，门就启出一条缝，接着是黑黑的狗眼、狗耳、狗头。头出来了，只见狗的头往上一跃，前爪就伸出了门槛。再一跃，整个身子就出来了。这是一只半大的狗，黄色的，只是嘴和耳朵，染了些黑色。这样的狗，应该给它起名叫"黄儿"。黄儿出来了，看了看左右的街道，空空的没有什么吸引。它便伸出前爪，窝下脊背，后腿拉直，头低尾高，很舒展地做着瑜伽，身后的尾巴，高高地卷成了问号。

"黄儿——"院内有人呼唤黄狗。它果然叫黄儿！

这是一个女人的声音，从开着桃花的院角飘出，清脆的嗓音，也染着桃花的颜色。女人的声音像蘸着前夜的雨，娇娇的、嫩嫩的，在午后的暖风中，透着亲昵、爱怜与不舍。黄儿听到了，一个跃身，蹿了回去。门扇的那条缝，没有开大，黄儿的一团黄毛，缩成了条形，一挤，就进去了。

没有其他人。刚才的动态，一下子又恢复成静谧。

只是黑漆的大门开了，开了一条缝。黄儿的功劳，就是启开了窥探桃院的一扇窄窗。院子里，满院阳光，一红衣女人，小凳坐了，脚前的竹篮里，铺开鲜嫩的韭菜。手中，正有翠绿的韭菜晃动。女人择着韭菜，黄儿在旁边上蹿下跳。"夜雨剪春韭"。春天的韭菜，正像春天的麦苗。昨夜正有一夜春雨，村外的麦苗，翠绿得直逼人眼。这春韭，应该正是女人门前的田畦里，女人镰刀的杰作。于是，阳光、桃花、红衣、女人、黄狗，还有鲜嫩的春韭，构成一段难得的视频。遗憾这一幅美图，没有丹青在手。

"呲"的一下，我的手指被烟蒂烫了。

此刻，有了一阵风，就见黑门人家的桃花，更见风致。

这是一户怎样的人家？一人、一狗、一树桃花。也许，女人有公婆，分家另居了；也许，老公打工了，去了南方；也许，女人正怀着身孕，正如这院里的桃花，开着好时节……由此的种种，都确定了黄儿的不可缺少。于是，女人、黄儿、桃花，构成了此刻的关键词。

这个春天的下午，这一树桃花，开在这一户人家，开在韦曲。韦曲自古盛产桃花。唐朝的韦曲就桃花繁盛了。唐人作有一诗，就有《韦曲看桃花》，其中这样说："凭君眼里知多少，看到红云尽处无？"意思是说：任凭你的眼力再好，红云般盛开的桃花，你却一眼看不到尽头。

友人的电话响了，我返身回车上。

打着了火，我摇下右窗的玻璃，用手机，拍下那一树桃花。

那一晚，梦中的桃花灿然而开。

附：《韦曲桃花》的情色隐喻

王亚凤

桃花常被人用来比喻艳遇。

三月桃花开，各路文人骚客纷纷眼冒桃花，春心大动。笔者一路看热闹而来，但见蜂飞蝶舞浪漫非凡。长安文人陈嘉瑞一篇《韦曲桃花》适时入眼，或因了恰开在我家门前，并应了长安崔护一曲"人面桃花相映红"，便格外用了点心思细看。这一细看，便看出了些许名堂。心中暗笑，笔下便促狭了，作者莫怪。

起笔自然，交代得颇有几分"题都城南庄"的起缘。也很自然地将读者带入了那个浪漫怡然的故事场景。

泊车路边，庄户人家门楼庄严、门扉紧闭。鸡不鸣狗不叫，仿佛连时间都是静止的。这样的波澜不惊，偏有蜂儿来惹事，"嗡嗡"然唤出一枝桃花出墙来。这桃花，宛若一颗闹喳喳的少女心，美丽、妖娆，欲语还羞。即刻吸引了墙外看客的目光。

是真是幻？一只黄狗恰在这当口来开门了。

作者用了不少笔墨来刻画这只狗儿的可爱。为什么要叫黄儿？白的嫌寡淡，黑的嫌黯淡呗！"半大的"亦是一种象征，若大了必成熟稳重，断不会如此善解人意地来拱门；太小的话，又不解风情了。对应了桃花的少女心，"半大小子"在屋里是呆不住的，带着几分天真懵懂，好奇地、顽皮地，拨开门缝来查看：似有什么人来访？连摇头摆尾都被别有用心的文人设计成了一个卷曲的"问号"！——呵呵，读者可注意到？

作了这许多铺垫，那意向中的女主角果然登场。

吊人胃口般，先闻其声，很简单一句台词，"黄儿！"，却挠了读者的痒痒肉，点出了作者的意图，那与作者臆想中一样，桃花般软嫩、雨露般润泽的女声，引人遐想。

"黄儿"完成了使命，像团毛线球般，留下一个引子退场了。一切诱惑得不动声色恰到好处。

看客眯缝了眼，窥探那门缝处乍泄的春光。竹篮、春韭、黄狗、红衣女，怕还有作者没说出的白闪闪的酥手、藕臂吧，点亮了墙外人眼中跳动的火苗——果不其然，"呲"的一声，"烟蒂烫了我的手"，才得以正视现实，却又禁不住浮想联翩……

此处无声胜有声：这暗香浮动的春，处处洋溢着生命的律动，引路的蜂子、跳跃的黄狗、涌动的桃花，以及夜雨滋润过的翠绿春韭，统统有了具体指向——女人，那文人笔下亘古不变讴歌不止的桃花女子，这丰润的、或许还怀着身孕的乡野女子，那象征着青春活力的蓬勃生命，岂是一个少人的院落，一个寂寂的春日午后所能关住的？即使桃花无心，难保春风无情……

于是，作者有意拍下了那树桃花，并在梦中，让那树桃花灼灼开放……

还用说吗？从古至今的文人墨客，皆赋予了春天怎样的含义呦？欲说还羞，欲说还休，只委托了蜂儿蝶儿花儿鸟儿来指代生命的蓬勃与潮涌，来隐喻自然的交替轮回繁衍生息……

呢喃

三月的季节，饱听了翠鸟的呢喃。

"呢喃"是个象声词，形容燕子的叫声。这个词，燕子有它的版权。宋人刘季孙有诗："呢喃燕子语梁间，底事来惊梦里闲。说与旁人浑不解，杖藜携酒看芝山。"人们可以说燕子呢喃，但不好说乌鸦呢喃，喜鹊呢喃。呢和喃本是一个意思，组合在一起，成为双音词，既合乎现代语言的表达习惯，又能很好地诠释词义。呢喃一词有两个口，可见呢喃的时候，要用嘴，并且多数的时候，是两只嘴在相互倾诉。有人研究过鸟语，说在鸟的世界里，它们是有自己语言的。一对燕子，站在春风拂煦的电线上，燕尾挑动，尖喙相应，四顾无人地忘情交流。燕子的呢喃，有汉语的四声之美，有语调的起伏之韵，燕子似乎是在自己的嗓子上，滚动着一只水滑圆润的珍珠，叽里咕噜地，婉转成悠扬的段段音乐。

一对呢喃的燕子，或是夫妻，或是父女，也或是情人。令人羡慕的是，燕子的呢喃别人听不懂，它们不用避开人群，不会像人一样，捂着手机，走出屋去打电话。它们就在人面前，就在人们过往的头顶，在屋檐下、电线上,"啾啾唧唧"地,尽情地说着情话。

把呢喃扩大一下,翠鸟也有呢喃。周作人写翠鸟,说的是三月"以鸟鸣春"。再往前说,这话应是韩愈说的。大约春天的鸟儿,鸣叫声是一年中最美妙的,故而才有古往今来的文人,念念春鸟。春天有着翠鸟,翠鸟有着鸣叫,整个春天,才像是十足的春天了。那一年在平利,清晨醒来,就是被翠鸟叫醒的。当时起床后,来到阳台,面对着葱茏的山峦,飘荡的雾气,听着一声声鸟叫,不由自主地深深伸了一下懒腰。当直起身来,顿觉一片清新,瞬时盈满肺腑。

呢喃二字,声不能高,不能超出一定的分贝,应该是很温情的那种。燕子是呢喃,燕子一样的其他翠鸟,也是呢喃,因为它们的声音,都是温柔而悦耳的。即便是鸽子,虽然体量比较大,但其叫声是"咕咕咕"的那种,将其归入呢喃的范畴,也不会引起鸟界的抗议。但如果是喜鹊,其叫声是"嘎嘎嘎"的,如果刚好是在山谷,其声能破云穿雾,其回声也就更大。这样的叫声要归于呢喃,大概距离就远了。

呢喃的第二个特征,应该是彼此距离比较近。两只鸟儿,一问一答。一只燕子在屋檐下,啾啾唧唧地自说自话,叫不叫呢喃?叫。但多数的呢喃,大都是两只燕子,阴阳互补地高低声对话。"嘤其鸣矣,求其友声。"是说从深谷中出来的鸟,飞到高树上,那嘤嘤的叫声,是想寻求伙伴。一般的鸟儿寻到了伙伴,就亲亲热热地凑到一起,呢呢喃喃地聊上天了。这个时候,它们的距离,一般不会过远。距离是个奇妙的东西,远了不行,近了也不行,适中最好。研究人类交流的人说,每个人都有内在思想上的安全距离。突破了这个距离,另一个人身心就会不舒服,感到遭到了侵犯。所以,呢喃中的鸟儿,也都保持着恰好的距离。既不疏远,又不过密,是和和气气的那种。

推鸟及人,人群之中,也有呢喃的时候。呢喃中的人,大多是男女,相互间亲密是第一位的。和鸟儿不同,人的呢喃在口头语之外,还加有体态语言。曾经看过一帧照片，夕阳满照的大树下，一对老夫妻耳鬓厮磨，听不到语音，但那种呢喃的剪影，泅出无尽韵味。

物理学上，有尖端放电的理论。说的是两根物体，带上不同的电荷以后，在其尖端处，常能集合起高度的能量。这样的两个尖端处在一起，电荷便会瞬间接通，这就是避雷针的原理。人之呢喃，于距离上讲，也是同理。相恋中的男女，一根发丝相触，也会传出万钧力量。

三月的最后一天了，写了鸟儿的呢喃，算是对三月的纪念。

梦洋州

　　中午和两位美女用餐，点了三个菜，最后一个是竹笋炒腊肉。这个季节，竹笋是时令美味，于是就想起苏轼说文同的话："渭川千亩在胸中"，于是就想起古洋州、如今的汉中洋县。

　　北宋年间，梓州永泰人文同任洋州知州。三年任期期间，为官勤政，体察民情，人称"清贫太守"。当时，洋州筼筜谷，即今天的洋县纸坊乡，生长着大片竹林，文同有《筼筜谷》诗赞曰："池通一谷波溶溶，竹合两岸烟蒙蒙。寻幽直去行渐野，宛尔不似在尘中。"他在此谷建一"披锦亭"，闲暇常去谷中探幽观竹，吟诗作画，有时还携爱妻前往赏竹、植竹。长年累月，心胸中已烙下各种竹子的形态，积累了无数画稿。画竹实践中，他首创画竹叶深墨为面、淡墨为背的笔法，画技日臻精益，所画墨竹潇洒清秀，栩栩如生。他主张画竹时要"成竹在胸"。后来画竹者学他甚多，人称"湖州竹派"。一日，文同与夫人同去观竹，"清贫太守"的他没有肉吃，晚饭仅有竹笋下饭。正吃间，收到东坡信札。表弟兼亲家的苏东坡除了照例嘘寒问暖外，还附了一诗："汉川修竹贱如蓬，斤斧何曾赦箨龙。料得清贫馋太守，渭川千亩在胸中"。"箨龙"是笋的别名，诗意是说：汉水一带修长繁茂的竹子多得像低贱的蓬草一样，你的斧头何曾能将鲜嫩的竹笋轻饶？我料想你这个清贫嘴馋的太守，肯定会大快竹笋朵颐，相当于把渭滨千亩青竹吞进肚子了。文同饭中读罢诗句，砰地一声笑了，以致"喷饭满案"。由此典故可知，洋县自古多竹。

算了一下，曾经六去洋县。

六去洋县，为了洋县的竹子，为了洋县的油菜花，后来，还有洋县的梨花。

洋县的竹子，就是这样的从文同的笔下长过来，背后是青山，面前是稻田。于是，就想起南宋人的诗来："一把青秧乘手青，轻烟漠漠雨冥冥。东风染尽三千顷，白鹭飞来无处停。"此处，图画中的不是白鹭，是朱鹮。朱鹮羽翅掠过的，是"千顶翠盖""万杆绿枪"的洋州竹林。朱鹮的翅膀慢慢地搧着，身子一上一下地飞。清亮的水面，嫩绿的秧苗，洁白的祥鸟，夕阳下，竹梢作了背景。那旺盛的竹子，蓬松成一大丛一大丛，围着山包，像水中的芦苇岛。更有簌簌的所在，竹发万秆，轻风拂过，瑟瑟有声。又不知村中的谁家，看中了这个所在，将祖先的坟茔，设在这里。那些年年翠发的竹子，岁岁枝叶，枝枝关情。这些人家的祖先，是有福的。生时，宅边长满了竹，故去，又有翠竹围绕。那弯弯的竹枝上，更有三五洁白的朱鹮相伴。

那一年，去看了洋县的油菜花。岁岁四月，汉中、洋县，油菜花盛开。穿行于洋县，整个川道、丘陵，纵纵横横地，是满眼成片的油菜花。金黄的油菜花，怒放着。大地成了调色板。那金黄的颜色，斜过了一坡，抹过了一岭，弯过了一洼，漫过了一梁。菜花的黄，黄得那么纯，那么浓，那么饱满，那么彻底。菜花的黄，像太阳的金色，调着露水，用神奇的双手，均匀地濡染了一遍。每一朵小花，都在喷薄着。每一只花蕾，都在放射着。那金黄的颜色，彼此映照着、倍增着，相互叠加着、汹涌着，向着空中，向着天边，辐射开去。这样的一片金黄，一种挤满天地时空的黄色，似乎正在做着庄重的祭奠！

它们是在祭奠谁呢？

去洋县，还有三月的梨花。"梨花风起正清明，游子寻春半出城。"洋县的梨花，早先并不出名。前些年，洋县搞开发，在牛头坡的北环路那边，新建了朱鹮梨园景区。每年3至4月，景区内五十万株梨花竞相绽放，梨园漫山雪堆云涌，万亩梨花层层叠叠。如此的洁白，漫出了边际，白得厚重，白得臃肿。抬目而观，山下是铺天盖地的金黄，山上是晶莹似玉的洁白。于是，一幅"金海雪山"的壮观，诠释着四月的洋县。

朋友偶然经过洋县，在洋县住了一晚。回来感慨说，洋县的房子才每平米三千元，高层板式楼。他说他退休了打算在洋县买房子，要住在洋县养老。他说，那儿的空气，才是真正的好空气；那里的天色，才是真正的好天色；那里的稻米，过去都是进贡朝廷的好稻米。他反问：一个对生态环境最为挑剔的朱鹮看中的地方，能错了？

近日，朋友圈被洋县刷屏。那一望无际的油菜花，那粉墙黛瓦的农家层楼，那如织游人的色彩斑点……

外地人吵吵：去洋县。

当地人喟叹：归去来兮！

于是，在这丁酉的清明时节，也有身心漂泊的游子，魂归故里。

梦洋州。近日，洋州几番入梦。那翠竹的绿、菜花的黄、梨花的白，伴着神鸟的鸣叫，拉成了缕缕雨丝。

今岁，我还没有去洋县。

然而，我又是真真地去过洋县了。

酸枣

好友初玄晨发微信，写到了少陵塬的酸枣。

这便触动了我的一段回忆。想起了我的大姨父。

我的家乡，在渭北的二道塬上。塬底人家盖厦房，塬头的人家有窑洞。窑顶上，常常就有酸枣。这种酸枣，长在窑顶上，和墨绿的迎春花枝条一起，保护着整个窑面。小孩子的时候，我们就常馋窑头那些酸枣。站在窑顶，看到近的酸枣，常被往来的人勾走了，越远的枝头，酸枣也越大、越繁。常常的，我们就站在窑洞前的地面上，仰着头，希望能掉下来一颗两颗，常常是脖子都仰酸了。

大姨父的家，在洪崖边。我们当地，把"崖"读 lai 的，第三声。洪崖很高，深深的一面山沟，凹下去。要下到沟底，得花半天功夫。站在塬头，可以看见沟底的河流，银亮亮地泛着光，蜿蜿蜒蜒地，向远处流去。这时，沟底劳作男女的说话声，就飘了上来，让人感到大沟的宽广和空旷。

姨父的村子，都有窑洞。姨父家的窑洞尤其大，幽暗的、深深的，好像藏着无穷无尽的宝贝。说是宝贝，其实都是那个年代农家的必备之物。锅碗瓢盆、坛坛罐罐，老式的柴柜、板凳，再就是各式各样的四时农具了。姨父在外工作，在县上药材公司上班。常常是周六下午回来，周日下午再走。姨父高高大大的个子，走路很沉稳。往来骑着一辆28车子，背上背着一顶大草帽。"哐啷啷"一响的时候，是姨父推着车子进门了，前轱辘一拐进来了，车头上挂着一个布包。看到我在，满脸挂着笑，惊奇地询问：嘉瑞啥时来了？

  姨父家少子女，只有表哥表姐两个。母亲生下二妹的时候，大姨玩笑说把这个女子给她。母亲也只是笑笑，不当认真。外婆对母亲说，娃没有多余的。真正要给你姐了，你就舍不得了。一天，三岁的二妹端着小碗在院子里跑着吃饭，大姨来了，突然蹲下来说让她试试，今天就把娃抱走。母亲措不及防，手脚无措地看着她的姐姐，突然抱走了她的二女子。那一晚，母亲一下觉得身边空了，出进没有了着落。

  于是，隔三差五地，我会到姨父家，接回我的二妹，让母亲暖心几天，再给大姨送回去。这就更多的有了机会去姨父家。那时候不懂母亲的感觉，只惦记着姨父家窑头的那些酸枣。到了冬天的季节，酸枣的叶子早掉光了，但还是有干瘪的枣子在枝头，在寒风中轻轻地摇。这时周围就十分的静，能听得到苍蝇飞过的声音。

  姨父知道我的心思，回到家安顿下来以后，就给我们馋嘴的娃打酸枣。怕危险，姨父不让我们上崖头，让我们在院子里等。他拿上竹竿，出门再从村北头远上崖头。终于，姨父的身影出现了，喊着我们离远些，他要打了。这时，就看到姨父手中的竹竿，向着茂密的崖头酸枣丛，一上一下地磕了起来。再一看地上，玛瑙一般的酸枣，伴随着掉落的枣树碎叶，叮叮嘣嘣地落在地上，又弹跳了起来，滚得到处都是。我和二妹，弯腰捡拾着，笑得心里开了花。

  那一年冬天，酸枣早没有了，只有几颗还挂在枝头，在窑洞高高的蓝天下，慢悠悠地随风晃动着。大姨说：你姨父上一周回来，还给你捡了几个落下来的酸枣，知道你牵心，还在背墙上给你放着。吃着有些干瘪的酸枣，就会想起姨父终日挂着笑意的脸来。姨父是一个少言的人，他的爱意，完全写在了一张慈祥、温润的脸上。大约话少的人，内心就特别丰富，在他身旁的时候，他的一个笑意，常常会胜过千言万语。

二妹给了姨父家，姨父的疼爱胜过己出。

后来，我到西安上学了。一段时间，人感觉经常恍恍惚惚，神志不清，学习效率大为下降。看了几家医院，没有效果，最后医生诊断是植物神经紊乱。姨父知道了，看了我的气色，问了我的状况，说他给我攒些丸药吃吃。姨父说的丸药，就是药铺子里卖的中成药。姨父有这方面的经验，一些常见的病症，他也会用药。这种中成药要吃一段时期，才能有效果。如果买现成的，要花不少钱。姨父有这个手艺，会这个炮制过程，于是，一大袋归脾丸的丸药攒成了，他托人给我带到了学校。那一段时间，我一边吃药，一边坚持学习。一个学期下来，架子床头的丸药吃完了，我的症状，完全得到了恢复。此时，我就又会想起姨父笑眯眯的样子来，还有我们吃酸枣时，他同样也陶醉的神情。

那些年，姨父给周围亲友施药治病的人，不计其数。

此后，少年的身影渐行渐远，酸枣于我，已渐渐成了遥远的记忆。

如今，姨父故去十五年了。

姨父的坟茔，就在故乡深沟古塬的崖头下。崖头上，每年深秋，还会结满繁盛的酸枣。

今秋，雨水特别多。雨中的酸枣，越外地晶莹、圆润。看到酸枣，突然想起了姨父。想起姨父那一张永远挂着笑意的脸。

酸枣，甜甜的、酸酸的。

酸得滋味悠长。

人若无趣

汪曾祺写过一篇《翠湖心影》的文章，讲抗战时期的昆明翠湖图书馆一有趣故事："图书馆的管理员是一个妙人。他没有准确的上下班时间。有时我们去得早了，他还没有来，门没有开，我们就在外面等着。他来了，谁也不理，开了门，走进阅览室，把壁上一个不走的挂钟的时针'喀拉拉'一拨，拨到八点，这就上班了，开始借书。……过了两三个小时，这位干瘦而沉默的有点像陈老莲画出来的古典的图书管理员站起来，把壁上不走的挂钟的时针'喀拉拉'一拨，拨到十二点：下班！"这样一个图书管理员，实在也是有趣得紧。

人的个体形形色色，然归类一下，不外乎"有趣"和"无趣"两种。无趣的人过一生，有趣的人也过一生。但有趣与无趣，称得上毫厘千里。国外评价一个人，用"有趣"与"无趣"来界定。如果一个人被人说"没趣"，那将是很失败的。余光中在《朋友四型》里把人分四种：第一型，高级而有趣；第二型，高级而无趣；第三型，低级而有趣；第四型，低级而无趣。余把有趣和无趣当作人分类的标准，可见有趣之人是多么可人。

　　观察一下我们的周围，许多人很能干，事业很成功，人也很善良，也积累了不少财富。但是，没有一点情趣。单位的工作，家里的日子，缺少润滑剂，干巴巴的。也有不少女人，女强人，靓妹子，漂亮是漂亮，却很是乏味。人若是无趣，很是煞风景。无趣的人，其本身，其周围的气场，都变得无趣起来，变得单调、粗糙、生硬、麻木、没有生气。无趣者本人，刻板、忧愁、面无表情、忧心忡忡，久而久之，面目也日见可憎起来。人群中，一个人无趣，是一堵墙，无趣的人多了，是一堵堵的墙，把人们隔离开，生活也变得沉重起来。有趣的人就不同了，人群中有了他们，生活就会变得轻松、热闹起来。有趣人是人群中的开心果，是生活中的快乐源。有趣人的气场，有催化剂的作用，催化着人奋发、快乐、积极向上。和有趣的人在一起，生活也变得有趣起来。

　　苏东坡尝把人生赏心十六件事称为有趣："清溪浅水行舟；微雨竹窗夜话；暑至临溪濯足；雨后登楼看山；柳荫堤畔闲行；花坞樽前微笑；隔江山寺闻钟；月下东邻吹箫；晨兴半柱茗香；午倦一方藤枕；开瓮勿逢陶谢；接客不着衣冠；乞得名花盛开；飞来家禽自语；客至汲泉烹茶；抚琴听者知音"。

　　王羲之五子王子猷居山阴时，一晚忽降大雪，子猷被冻醒，索性来到院中，边饮酒边观赏雪景吟诗。忽然想起戴安道，当时戴安道住在剡县，他立即连夜坐小船到戴家去。船行了一夜才到，到了戴家门口，他却没有进去，就原路返回。别人问他为什么？子猷回答说："我本是趁着一时兴致去的，兴致没有了就回来，为什么一定要见到戴安道呢！"

　　有趣的人，遭遇不幸，也会坦然面对。金圣叹因"哭庙案"而被判死刑，两个儿子梨儿、莲子望着即将被杀的慈父，泪如泉涌。一生诙谐的金圣叹却从容不迫，泰然自若地说："哭有何用，来，我出个对联你们来对。"于是吟出了上联："莲子心中苦"。儿子哭跪在地，此刻哪有心思对对联。他稍思索说："起来吧，别哭了，我替你们对下联。"接着念出了下联："梨儿腹内酸。"这副生死诀别对，一语双关，对仗严谨，撼人心魄。

　　有趣的人，面对无情的生活，也有幽默的态度。艾森豪威尔是将军，人到中年的时候，头发日益稀少，他幽默地为他的每根头发取了名字：约翰、鲍伯、汤姆等等。每天早上洗漱时，他都会轻抚着珍贵的头发说："早安，约翰。早安，鲍伯。早安，汤姆……"

　　王小波说："一辈子很长，就找个有趣的人在一起。"

　　能找个另一半是个有趣的人，是一个人的福分。

长安啊、我的长安

提起长安，我的心灵，常常有微微的颤抖。

长安是我的第二故乡。我二十三岁离开出生的故乡，来到古长安的西安居住，眨眼快四十年了，余生，还将会在这里终老。我觉得我也是长安人。日前，长安作家张军峰，推出了自己写家乡的散文集。看过目录，我对朋友说："提起长安，我们的心灵，常常会有微微的颤抖。"我爱长安。我半生生活在长安，我女儿一半的血统，来自长安。我魂灵与精神的风筝，一直游弋在长安的这一块地面。

十八年前的那个正月十六，当我的老岳父躺进院子的桐树做成的棺材之内，木工即将合上棺盖之际，我抓住板侧帮，最后再端详一下这位高大不屈、数十年生活困顿、却从不给几个女婿张口告难的老人时，突然之间，我泪流满面！

这就是长安人！我的大长安！

2010年12月，我的第一本散文集问世时，我给她起的名字便是《人在长安第几桥》。数十年的跋涉，我总觉得自己像一个赶考的书生，在这里咏唱，在这里歌吟，亲近着这里的每一道水、每一座桥。春日举首望终南，秋来凭栏沐渭水，汲取着这里的文化因子，含吮着这里的历史玉石。于是，七年之后，我有了我的第二本散文集《终南漫志》，我是在终南之下的长安，完成我的第二部散文集的。一位诗人写道：每当我们的笔尖写到故乡，我们的魂灵便匍匐着前行。于我而言，此正指的长安。

去冬暖阳之日，在长安的少陵塬畔，参加长安作协的"洞见"论坛，直觉脚下的这一片土地，厚重得令人窒息。客省庄新石器遗址、仓颉造字台、沣镐西周车马坑、秦阿房宫遗址、汉杜陵、樊川故道等；兴教寺、华严寺、香积寺、净业寺、百塔寺等佛教祖庭；汉宣帝、秦二世、杜牧、柳宗元、李淳风、井勿幕、杨虎城、朱子桥、张季鸾墓以及众多家族百十座墓地……这一方土地，尘封着多少烟尘，掩埋着多少传奇！"城南韦杜，去天尺五""韦曲花无赖，家家恼杀人""去年今日此门中，人面桃花相映红""终南阴岭秀，积雪浮云端"……文学的长安，漫吟着多少千古而来的故事？

丁酉年三月，桃花灼灼的日子，我的一篇《韦曲桃花》的文字，引来了长安作家王亚凤的一篇美文《韦曲桃花的情色隐喻》。王亚凤说，你这是写的我们长安啊！当邓丽君一曲《人面桃花》唱起的时候，两篇文字，配着歌声，在一家公众号上被众人追捧。千年之前的那一段传奇，又被凄美地再现出来。有人心凄：这就是新版的"人面桃花"啊！

这些年，祖籍长安、客居长安的许多文化人，游走在长安的山山水水和文物古迹之间。他们用自己的一支笔，刨开历史的尘封，挖掘千年的璀璨，让千年的古长安，复原出辉煌的昨天。他们把心血，浇灌在自己脚下的这一块地面。正像一位作家说的，终南山下的这一个长安，其史迹和遗址、黄土、山、塬、川、河、帝陵、王墓、道观佛庙、门、路、街、巷等等，无不附有先民先贤以及先王的灵魂，蕴含着他们的精、气、神。我一直庆幸，我能有福份，生活在长安；能有机会，同汉唐至今的无数先贤们，同居在终南山下。

入籍新加坡的女儿，远隔千山万水，鬼使神差般地，竟然有机会为她的半个故乡长安，来作城市规划。西咸新区的商业核心区，就是由她这个海外游子，为自己故乡的未来，描画出一笔又一笔的明天。

长安，理当报答。

长安有什么呢？有难以计数的历史名人，有随处惊叹的名胜古迹，有深厚久远的文化遗存，有开放包容的文明气韵。我的书房一直没有名字，好多年都没有满意的。十年前的一个晨梦初醒，"长安采兰台"陡然跳至我的眼帘。那一时刻，我激动不已。自那以后，我每篇新作的末尾，常缀有"长安采兰台"的字样。好多朋友以为我就在长安区居住，常问我"采兰台"在什么地方。我说我就在长安，在历史的大长安。至于采兰台在何处，并不重要。你心里有，何处不是采兰台啊。

长安啊、我的长安。

提起长安，我的心灵，常常有微微的颤抖。我常常在寂静不眠的夜晚，魂灵的肢体一揖长跪，就会拜倒在长安的面前。

窗棂上的"被面花"

  丁酉年冬天,关中出奇的冷,前后下了两场大雪。气象部门说,第一场大雪,是五十六年来最大的一次。驱车奔跑在高速公路上,看着盖满田垄的皑皑白雪,会令人想起艾青的诗句:"雪,落在中国的土地上。"然而,如今的大雪,早已不是艾青所悲吟的苦难中国了。雪,厚厚地铺下来,铺下了农人的欢喜、农人的希望。能感觉到,厚厚的白雪下,大地已悄悄透出生机。

  腊月的一天,关中杨凌,国家农业示范区紧邻的东卜村,喜悦的村民们,开始排队分配安置楼了。小区宽阔的大门外,老远就集中了不少人,人们三三两两地往小区里面走。车进小区,似乎是到了集市中心。全村的男女老少,都集中在这里。人们以家庭为单位,聚拢在一起,喜悦地交谈着,彼此都在抢着说话。小区宽阔的道路边,停满了汽车。有多年在外工作的人开车回来的,有村里年轻的打工者开车回来的,有村民们自己,本来就有轿车的。这样的高楼林立,一栋栋,好像是从昨天的庄稼地里长出来的,长成了一个崭新的城市化小区。几千年在土地里摸爬滚打的庄稼人，从这一辈要住上高楼了。

三十多年在外工作的我，也回来了。按规定，我可以分一套一百多平方米的大套房。

太阳很红。天气很好。风中仍有着阵阵寒意。但人们的热情，把这六九中的寒冷，都给融化了。当天这个日子，多少年见不上的人，都奇迹般地出现了。人们兴奋地说笑着。身边的一个老妈妈，拉着如今也已退休的远房侄子的手，唏嘘着说时光咋就这么快呀，一眨眼几十年就不见了！说到高兴处，托起手掌擦了一下眼角的泪，回复侄子说，她身体还好，八十好几的人了，快要入土了，竟然还要住上城里人住的高楼，高兴呀。我的叔父也出现了，披着一件黑大衣，苍老的皱纹，也被明亮的阳光熨开了。儿女五六个，比叔父还高兴。叔父两个儿子，加上孙子孙女，他这一大家，可以分几套房。他们正商量着，是彼此住得近一些、还是住得远一些。哈，"发荣！"多年不见的老同学也出现了。我猛然喊了一声，他一怔，立马回过神来，大叫着我的名字。两个男人的手，一下子握在了一起。名叫段发荣的他，早年去北京当兵，多少年以后转业回乡，如今两儿一女，都已经成家立业。兴奋的我们，穿过了时光隧道，又品尝到儿时的甜蜜。

挑房的人们井然有序，按事先排好的队，叫号进入，挑房、签字、按指印。出来一个，再进去一个。许是室内的暖气过于充足，挑房出来的人们大都是满脸潮红。在外等待的人们急切地问，挑了个几号楼？被问的人会高声地应答，是几号几号，那神情如同是宣示主权一样。这个时刻，挑房者分明是代表家庭完成了一项壮举，充分体会到了一把当家长的权利与尊严。

太阳越来越高了。天气越来越暖了。春节前的这一个日子，这个不知名的小村，满溢着红火的气氛。

眼下的这个小区，几十栋楼，要接纳周围几个村子的村民入住。这时，已经有部分村民提前入住了。不知是谁发明的，最先的一户人家，装修完毕住进来，大概是为了宣示领地和内心的喜悦，找出了一条自家久置的缎被面，牡丹开花般地系在自家不锈钢的窗棂上。这样，光洁漂亮的高楼上，开出了第一朵大红花！于是，这一项无意的"发明"，开始在村民中传染：小区里开出了第二朵、第三朵……如此，耀人的一幕出现了：小区一栋栋大楼上，许多人家的窗棂上，都开出了耀眼的"被面花"。有的是楼上楼下，垂直地开出三五朵；有的是一个单元的外窗上，开成了一串；也有高高的楼面上，参差错落地，开出相互照应的几朵来……那是表明，这一栋新楼，也有人开始入住了。

人们在楼下热议着，楼上的"被面花"，一朵一朵地开着。

这是一个中华农业最早发源的地方。后稷曾在这里教民稼穑。几千年的农耕人，活到了今天，要搬离祖祖辈辈的土瓦房，住进现代化的高楼了。

农人的眼里，见过各种各样的花。然而唯有这朵"花"，今天是从农人心底开出来的。

早先，除过娶亲嫁女，人们能盖上红被面，那是一件很奢侈的事情。如今，红被面不稀罕了。人们把红红的缎被面，系在自家新居的窗棂上，打成了结。但你能听到，微风中的红被面，正挽结着农人的歌声。

老母亲八十三岁了，一辈子四处搬迁，却一直名下无房。那天，当她得知自己终于有了一套新房，愣怔半刻后，仰天无声而哭：她说她终于可以在自己名下的房子里，安然离世了！那一刻，我的泪水，一下子就涌上了眼眶。

第二天，我开车回城，经过家乡的居民楼时，远远望去，晴朗的蓝天之下，红红的被面花，在高高的新楼窗棂上，开成了串。

哦，窗棂上的被面花。

四月,吹着永寿的风

清明的前一天,我随车踏上永寿地面,吹着永寿的风。

这一天,大风降温。

一大早,就看到朋友圈的风。西安北郊,草滩,风撕扯着,把柳枝绞成了团,又把枝条甩成了鞭;树下的草,飘飞成大地的头发;一只白色的塑料袋,旋转着飞起来,又倏忽而去。天空昏沉沉的,越往北,风越大。车过渭河长桥的时候,车体有些飘,让人惊疑车子出了故障。开车的主任解释说,三千多米长的高架桥,在侧面的强风中,会有共振般的摆动。车中透气的时候,玻璃开出一条缝,一股冷风嗖地钻了进来,尘土乘机而入。风很大,外面很冷。车沿高速,一路往北,奔着更冷的地方而去。外面的风更大了。

春天,有着太多的不确定性。小区的楼角,一株玉兰,年年花白如蝶。前些天,多日暖阳以后,正张开了几张小嘴,不料一夜寒下,花瓣瞬间凝固。东侧一株樱桃,开花的时候,洁白如许,在几角嫩叶的陪伴下,花瓣叽叽喳喳地张开了。谁知一夜冷雨,盛开的花瓣零落一地。

树犹如此，人何以堪？

故乡在永寿的朋友，父亲三天前撒手人寰。

四月，大风降温的风，刮过永寿。天空是昏黄的，沙尘的微粒，均匀地混合在空气中，整个的空气中都充满着重量。有重量的空气被风掀动着，左冲右突，摧枯拉朽，在渭北的原野上，一股一股地刮过。路旁的树身被压弯了，在风换气的当口又反弹了回来，反弹回来，又被黄风压弯。昏黄的风，从原上漫过，能看到，新的黄尘被风搅起，也加入到昏黄的风中。昏黄的风，就越发的所向披靡了。

风，是空气的流动。空气流动了，就形成了风。空气流动的速度越快，风力也就越大，带走地面的温度也越多。整个正月，大地上积攒着阳光的热量。多日暖阳后，地气渐渐回升。然而，大风骤起，快速流动的空气，将微弱的热气很快带走，春寒又重新回来了。

四月，大风降温的风，刮过永寿。田野中的麦苗，冷透了。刚刚起身的麦苗，在正月一直上升的暖温中，放心地打开身姿，挺立摇曳，准备着要拔节了。起先，是最初的一缕春风，把麦苗摇醒了；后来，是连续多日的春阳，把麦苗鼓胀了。于是，储藏了一冬的营养，在麦苗疏通的血管中，借着阳气的推送，由麦根到麦梢漫了上来。正当浓墨的绿色，在麦苗上拉开浓淡，要长个子的时节，大风降温，寒潮骤至，麦苗的营养，戛然而止。

四月，大风降温的风，刮过永寿。田野中的梨园，正在阵痛中。梨花抵抗着寒冷的风，失去了往日的容颜。花瓣的肉，冻走了水分，在风中瑟瑟，薄白如纸。远处是隐隐的高原，眼前是蜿蜒的沟川，寒风从上到下，扑入沟底。一树的梨花，在沟口的枝条上，解释着风的形状。突然的寒流，一夜而至，渭北，周天寒彻。

远远地感觉应该是到了，因为看到了村口，看到了花圈。风中的花圈，白花剌啦啦地响。穿过充气的黑色宫殿牌坊，写着祭奠字样的吊罐白纸灯，两旁悬挂引路。下了车，踏到地上，冷风扑面而来。众多白衣白衫的孝子执事们，各自忙碌。有家里近亲，前来问候。握到一个干练女人的手，得知是朋友的母亲，不由紧握相慰。然一语未了，其目即现泪光。

于亡者灵前，上香、祭拜、默哀。毕，缓离其家，步出忙乱的人群队伍，踱至村口。永寿的风，毫无遮挡地扑面而来。前面，正有着礼乐的队伍，迎接着亡灵的归来。这一片豳国的土地上，几千年来，人们的生老病死，都还按着祖先的遗传，按部就班地进行着。当一杆仰天的唢呐，吹向高扬的麦克，金属般的铜音，便在整个村子的上空开始回荡。风搅着唢呐，在每个孝子们的心灵上撞击。风中，白衣白帽的迎先队伍，在乐队的引导下，亦步亦趋。每一步，都似乎走了千二百里。最后，迎先的队伍回来了，来到了灵堂之前。随着唢呐一个高八度的超吹，众孝子在迎回的灵前，一起跪倒。

哀声四起。

永寿的风，从汉武帝的那个时代刮来。汉武帝当年就渴盼着长生不老，在这一块地面，修建了"永寿宫"。两千多年来，在"永寿宫"这块地面出生、而又匆匆走过的人，代不计数。永寿不可期，长寿便成了代代人的期望。然而，朋友的父亲，六十九岁，走了；送埋的人群中，有好几位白发苍苍、满脸皱纹的老者，怎么看觉得他们也有八十高寿了。一打问，才六十多！村里人解释：农民么，显老。是的，农民身份的他们，正因为自己是农民，才六十多岁，都早已长寿成八十岁的模样。

天，还是这么昏黄，风，还是毫不减弱地刮着。我站立在永寿原上的这个村口，瞭望着这一块皇天后土。风中，还有着黄土，黄土中，夹杂着银针。傍晚，裹着银针的黄风，吹在人的身上，针刺般的冷；刮在我脸上，刮出了我的泪水。

清明的前一天，我在永寿，吹着永寿的风。

飞，朝着花香的方向

四月的第二个周末，一群蜜蜂一样勤恳的作家，排队缩进一辆中巴"大蜂"的肚子里，展翅要去寻找四月的春天了。不用导航。只管朝着花香的方向。

前两天下过雨，空气好像是刚刚新生出来的。车一进秦岭，满目葱茏就开始在头顶盘旋。车外，一条条银白的飞瀑突然就映入眼目，一下引来满车惊呼。司机刘师一把方向，一车的惊叫就被甩在了左弯；又一把方向，一车的惊叫又被甩在了右弯。几把方向以后，一车人就上了山上。令人惊异的，高山上，竟然还落有白花花的雪。有人冲口而出："啊，老天爷偏心，给山上的林木偷施化肥呢！"毫无诗意的比喻，出自诗人的口中，一下子引爆全车哄笑。最令大家开心的，是躲藏了几天的太阳，此一刻竟悄然露面。明亮的阳光一波波扫过，于是，满山满川升起的，都是怡情悦目的散文诗歌。

"我们去两当看春天吧"。一群俊男靓女的陕西作家，在西安遗珠传媒的组织下，出西安，过宝鸡，爬秦岭，穿凤县，出陕而入甘，抵达甘肃两当县。穿出灵官峡，甘肃中道方面的迎接车辆早已等候在路边。于是，这一车二十多位的人马，咬着引车，不顾方向，偏过大道，钻入小径，被主人糊里糊涂地"带进了沟里"。此刻，两边山峰嶙峋，中间小道曲通，只有柳暗，没有花明，且走且神奇。这样的一个所在，令人想起一个熟悉的地方："初极狭，才通人"。接着，"复行数十步，豁然开朗。"展眼一看，果然是"土地平旷，屋舍俨然，有良田美池桑竹之属。"一个白墙黛瓦的小山村出现了。哦，我们这是进入了桃花源，一个叫"陈家沟"、又叫"樱桃沟"的地方。

人间四月芳菲尽。但这里的樱桃花，却开得正好。

一群"蜜蜂"，被中巴车倒在了村畔的广场上，各人打开蜷曲的自己，在山间的这个小盆地上，舒展着四肢。此刻，阳光普照。一美女捋过鬓边的头发到耳后，扶了扶鼻梁上的眼镜，面对美景，不由自主地"啊"出了一声；两个女的斜背着双肩包，线吊的水杯还在膝盖上摆动，没忍住"啊"出了两声；三个男的出现了，戴墨镜的，戴太阳帽的，什么也不戴的，站定身后，彼此联声，前后"嗨呀"了三声。一车的人，全下来了，四散站定，却像一个个陀螺，各自的头颅，被四周连绵起伏的美景牵引着转——这一帮见多识广的人，此一时刻，也被这里的美景震到了。

缓过神来，大家这才注意到，这里的阳光，恍惚是多少年以前的。光线从被雨水洗过的空气中过滤下来，软软、绵绵的，不带一丝纤尘。照在人身上，亮堂堂的，洒在人脸上，喜盈盈的，一切都是万般的新鲜。大家沐浴在纯净的阳光下，尘嚣的俗身，仿佛在经历着圣光的洗礼。四面环山的这个所在，这个叫做陈家沟的地方，透亮的蓝天下，装满了丰裕的阳光。场畔的白杨树叶上，结满了阳光；树下几个散坐的翁妪，满怀的阳光；两只喜鹊，正在阳光里滑翔；一个学步的幼童，阳光里，正跟跟跄跄地蹒跚学步。

无私的阳光随人们享用，没人收钱。

整理好装束，大家被导游引领着前往一家大院。鲜明的特色是，这里的小村，各家各户都被设计改造过了。黛瓦、白墙、红漆墙柱，分明属于新修，却是旧时模样，属于成功的"修旧如旧"。和许多乡村旅游大为不同的是，这里的庭院，各家都有各家的格局。各家的门楼前都挂着红灯，户户都有黑底金字的对联："玉堂修史文皆典，香案承书望若仙""高山流水日月好，明月清风岁月妍"。进得院来，三张餐桌，半院盆景，主宾几十号人，把满院的空气，搅拌得热气腾腾。很快，菜上来了，山里自产自养的美味佳肴，把一帮热闹喧哗的来客，瞬间变成无声饕餮的饿虎。

餐罢，时光静好。

下午，大家兴致勃勃地，开始参观整个山村。来的路上，导游介绍说两当是一个值得让人深呼吸的地方。这才觉得，这里的空气，好得让人没有感觉。人感觉不到自己的肺，感觉不到自己的鼻腔、喉管。像一台常常堵塞不畅的发动机，一个人把自己送到这里，整个呼吸系统悄无声息地，变得十分的清洁和顺畅。仔细嗅嗅，空气中甜丝丝的，是樱桃花的气味；站定闻闻，空气中湿润润的，是几天雨后山林的气息。高饱含的负离子成了清道夫，把都市人的心肺系统，清洗得纤尘不染。于是，就羡慕起生活在这里的生物来。这里的人、鸟、鱼，这里的蜜蜂、珍禽、百草林木。于是，果然就不由自主地深呼吸起来，私下里想多带走一些这里的自然和清新。导游又说，两当是慢城，县城里的车，时速也限定在二十公里。于是就觉得，这里的时光，应该还停留在百十年前。现代人饱受侵害的雾霾、喧嚣、噪音和污染，想来到这里，也得在百年以后。

难怪，张果老在这里得道成仙。

夜晚，二十余人的队伍，被三三两两地分配进山村农家，住进了如同城里宾馆一般的民俗客栈。傍晚，天幕很蓝，颗粒很大的星星出现在头顶。住户主人是一对老夫妇，儿子都在城市打工。只有他们二老守在山村，经营着农家乐。夜晚的山村有些寒冷，睡在铺有电褥子的席梦思上，平日饱受城市噪音聒噪的耳朵，得到了彻底的休息。山村好像睡着了，万籁俱寂，连狗也不叫一声。这样的静寂，适合深眠。睡前出房如厕，步经老夫妇房前，房里粗细各异的鼾声，悠长而陶醉。抬头看天，繁星低得吓人，睁眉睁眼地闪着亮光。此刻，千年前的李白说话了，"不敢高声语"。是的，在这个地方，人一咳嗽，头顶的繁星似乎也会被震落下来。

两天的采风，大家看到了许多神奇而又密不可言的地方。活动结束后，这帮兴头正旺的作家一步一回头地，又被俗务拽回了凡间。

暌违半月，昨夜，我随梦境又来到两当，来到这个神仙一般的地方。

你也想到两当、到陈家沟吗？来吧，来一趟穿越之旅。因为，这里，有百十年前的阳光、空气、白云在等着你。我也在这里等着你。到了，你会觉得这里似乎很熟悉。是的，你是在自己的梦中，到过这样的地方。

我的两只蝈蝈

　　下午在书房里整阅资料，推窗透风时，看到了窗沿上摆放的蝈蝈笼子。笼子空空的，那两只蝈蝈，再也没有了身影。
　　我的蝈蝈死了。
　　我突然怔住了，想起了它们。想起了它们在我家的那些日子。
　　这是一只黄杨木制成的笼子，制作很精细。条形方框，中间装上了提袢。像一只乡下的提货笼子，不过是方方正正的那一种。一道隔板镶在中间，正好割成两个方形。笼齿细细的，黄黄的，精致地被砂纸砂过。地板是木质的，干净如新。笼框底下，六只方腿。它们活着的时候，就住在两个正方形的房子里。不同于普通房子的是，笼子有地板，没有天花板。有四壁，但都是栅栏式的。之所以不能放在一起，是因为蝈蝈好斗，特殊时候会彼此厮杀。所以他们各得其屋，彼此相安无事。
　　第一只蝈蝈买回来的时候，住的是随身带来的塑料网球中，小可手捧。塑料球是绿色的，透着网状的孔，两个半球扣着。这是一只棕色的蝈蝈，它扒在里面，露出毛茸茸的脚齿，顶上的头须从孔中伸出，徐徐

209

地摆动。我把笼子举到眼前，和蝈蝈对视。我看到蝈蝈蜻蜓一般的巨眼中，似乎也映出了我的影子。蝈蝈看到我了吗？肯定是看到了。它是把我的影像摄取下来，存在了大脑中。它是要和我交朋友。买的时候，我专门叮咛主家一定给我挑个好的，叫声响亮的。主家在他一搂粗的蝈蝈串串上，上下巡视了一阵，最后用剪刀剪下了一个塑料根，说这只不错。我有些担心，老板给我挑的这只蝈蝈，会不会叫呢？结果买回家的第一天，没叫；第二天，没叫；第三天，还是没有叫。女儿就说了，说卖蝈蝈的老板大概是骗了我，我买回来的蝈蝈可能是个哑巴。

　　第四天的晚上，全家都要就寝了，突然，"唧唧唧"……什么声音！女儿大喊：蝈蝈叫了！蝈蝈叫了！结果女儿这一吓，蝈蝈再没了声息。我一个骨碌爬起来，目光向客厅的花盆间探去，想确认它叫第二声。蝈蝈买回来的时候，我反复权衡，觉得应该给蝈蝈找一个最佳的居住环境。南边的阳台上，太热；北边的阳台上，太干；门楣上，无处悬挂；饭厅里，更不适宜。挑来选去，最终看上了客厅角落一堆的花盆间。这是一个绿化角，植物高高低低，参差错落，空气湿润，暑天空调可调节温度。蝈蝈笼子就安置在这花木扶疏的角落中，如同回归了大自然。刚才，惊喜的"唧唧"声，应该就是从花丛间发出的。

　　可能是初次试鸣，蝈蝈的翅羽似乎还有些哑，沙沙地"唧唧"了一声，又遭女儿一吓，就噎了回去。这时，安静了一会儿以后，蝈蝈又开始叫了。"唧唧吱……唧唧吱……"连试了几声，清厉了，鸣叫的声音越来越大，最后，直接就成了"吱吱吱吱吱吱……"就这样，久违的天籁之声，开始充满了我这个单调的都市之家。整个晚上，清脆悦耳的叫声时不时在客厅响起，一家人竟然在这种悦耳而有些聒噪的叫声中，深深入眠了。第二天恰逢周一，清早时分，明亮的阳光布满室外，一夜歇息够了的蝈蝈，重新亮翅。我突然性起，拿过手机拍下视频。于是，六月二十五日，一段配有蝈蝈清脆叫声，背景为我家客厅绿化角的视频，发到朋友圈。发前我配诗一首："南山终日说寂寥，兰自拉伸葵自娇。小筑忽传吱吱语，林泉五月自逍遥。"甫一发出，即引来点赞一片。紫檀木留言："月出惊山鸟，山静蚂蚱鸣。"马铃薯留言："好清脆的声音！金属质，带小型上佳音响。"若蓝留言："有趣！你家都成花园了！"风飘云舞喜作《蝈蝈藏兰》："蝈蝈随君伴客堂，葵娇竹野叶幽藏。天资好唱听平仄，一亮谁知众里藏。"

那些个日子，焦灼不安的天气，陪伴着我们的心情。天天外出忙碌，到处是乌央的人群。午间常常得不到休息。傍晚疲惫地回到家中，甫一坐定，像欢迎我们一般，蝈蝈清脆的叫声，像 wifi 的传递，从屋角辐射过来，次第叩击着人的耳膜，给人的神经做着按摩。一天的尘嚣，就在这一波一波的叩击声中，被清洗殆尽。所有的食物中，葱叶是蝈蝈的最爱。这个时候，我往往会顾不得擦汗换衣，迅速打开冰箱，掐一段葱叶出来，提起蝈蝈笼子，满心欢喜地犒劳它。那一段日子，蝈蝈在酷暑中，给繁忙而又焦虑的我们，送来了镇定，送来了清凉，也送来了安稳。我每天都要把它的笼子提至眼前，看它几遍。我看他吃葱叶，看他用锋利剪刀的嘴巴，咔嚓咔嚓地销蚀着食物。

有一天，我突然觉得，一只蝈蝈，是否有些孤单？应该给它再配一只才是，这样两个蝈蝈住在一起，彼此相伴，又彼此激发，鸣叫起来，岂不更是畅意？这样，第二只蝈蝈买回来了。这一次，我给它们买了一套豪华排场的大房子，那只条形方框的杨木笼子。刚搬进去的时候，老蝈蝈十分兴奋，屋子四角天花板到处爬动，触角乱摇，时不时有唧唧声发出。新蝈蝈倒是安静，羞涩地爬在地板上，一动不动，小心地打量着周围的世界。果然，到了第二天，新蝈蝈就放开了胆子，亮开了自己的新嗓子。于是，两只蝈蝈的叫声此起彼伏，更多的时候是双双齐鸣，一路高歌猛进。我的家里，开始变成了乡村的大田园。

戊戌的这个夏天，西安十分酷热，家里有了两只蝈蝈，四时便充满

211

清凉之感。有了蝈蝈，我似乎也有了更多的空闲，有时间闲下来看它们。我给它们喂食，给它们换地方。怕它们酷热，我用喷壶喷洒花草的时候，再远远地给它们喷雾。我想在大自然中，它们也是会喜欢降雨的。吃的东西，我也是变着花样喂给它们，葱叶、菜叶、胡萝卜等。但它们似乎总是爱吃葱叶。葱叶吃得多了，满客厅都是葱叶的味道。我就又打开窗户通风，再把他们的笼子提到南边的阳台，让它们看一看新的风景。

蝈蝈的叫声，就这样一直陪伴着我们，走进了初伏，走进了中伏，走进了立秋。

一日在超市买菜，一种叫马齿苋的蔬菜十分抢眼，过去乡下是很好的野菜，便拿回了一把。想到蝈蝈的吃食，何不给他们换个口味？于是我将早年农村的这种野菜，给蝈蝈喂了进去。我想这应该是它们童年的味道。那几日忙碌，我有几天没有注意蝈蝈了。直到一天下班归来，内疚又有些不对劲地拎起蝈蝈笼子时，可怕的一幕发生了：那只老蝈蝈，死了！我吃惊地睁大了眼睛。我将笼子举到眼前，见老蝈蝈确实是死了，身体僵硬。我摇动笼子，蝈蝈的身体在笼底左右滑动。更令我意想不到的是，后来的另一只新蝈蝈，竟然也死了！

我脑子瞬间一片空白。它们怎么就死了呢？不是一直叫得很欢势么！这时我才突然想起，最近是有那么几天，蝈蝈们不怎么叫了。那怎么会死呢？大家一起分析，最后一致认为，是给蝈蝈吃了马齿苋！

一双蝈蝈，就这样突然地不告而别！

是我害死了我的蝈蝈。后来查资料，蝈蝈这种东西，最怕农药残留，一点点农药，对它们就是灭顶之灾。

我的这一双蝈蝈，在这个难熬的酷夏，陪我们走过了最难熬的一段日子！一切都好了，都发生了很好地转变。天气也凉了，酷热渐渐远离人们而去。它们似乎是带着某种使命，在这个戊戌年的夏天来到我们家。它们完成了自己的使命，它们也就离开了。它们离开了，只把隐隐的微痛留给了我。此刻，这种微痛开始在我的眼眶里集中。电脑上的字体开始变形。

我想我的蝈蝈了。我知道我的这一双蝈蝈，会久远地留在我的记忆中。

我想，这一双蝈蝈的魂灵会在来年的初夏羽化，重新回到人间，再送给这个世界最美好的祝福。

我的蝈蝈，安息吧！

雨落桥山

　　雨，落在桥山，落在沮水，落在高原。清明时节的雨，落湿了清明，落湿了黄陵，落湿了五千年前的那一端。

　　侧柏的羽扇湿了，盈盈于天地间；国槐的铁枝挂上了水珠，映照出印台山的轮廓；柳树的芽苞吸足了雨水，膨胀出春的梦；古榆的枝干，在不寒的风中轻轻地摇，摇醒了漫长的一个冬眠。桥山的雨，从高天飘落，落醒了沟塬山川。黄帝部落的世界湿漉漉的，开始有了春深的气息。

　　这里森林茂盛，草木翕郁。这连绵群山、沟壑，都是草木和动物的世界。风来了。风是山神口中吁出的气，潮湿的、熏粘的，风过处，一切都有了蠢蠢的欲望。林木是山神的毛发，植被是山神的毳绒。清明时节的雨，很细，细到没有，繁星一般，结晶在了牛毛的毛尖。细雨酥染了山林的每一根枝丫，地面的每一条草茎。空气中充满了雨的气息、林木的气息。地气的穴窍润透了，憋闷了一冬的烘热，推出冷却的一段，和地上的回暖对接。大地微微暖气吹。阴郁的云，在天地的温暖之间，融化成混沌的牛乳。

五千年前的这里，没有雾霾，也没有污染。这一时刻的雨，是天地化育的精灵，清澈、透明、甘甜。雨滋润着这里的山川草木，风调雨顺，万物自在而生。先民和这一块地面的动物、植物们和谐相处，互为依托。这里，人是自然的一分子。这里的林间没有路，甚至没有小径。林间有的只是动物的足迹。空中只有飞禽的翅膀划过。清晨，大地苏醒了，山川莽原，舒展着筋骨。雾岚蒸腾，生机勃勃。原上，风来百川低吟，林下，雨过溪流淙淙。有阳光的日子，百鸟鸣唱，黎明傍晚，有野兽互鸣。先民们和禽兽们住在一起，和谐相处。人不但没有害兽之心，甚至可以牵着野兽四处游玩。先民劳作的时候，百鸟为他们歌唱，林涛为他们和声。树上的果实都是原生的，枝头的果实供人们采食，也供鸟兽们果腹。人不和动物争食，他们和百兽百禽一起，共同享用这大自然的慷慨奉献。

山间的清泉，谷底的河流，一年四季，缓缓流淌。山泉出自石隙，叮叮而跃。如银蛇，穿竹鞭，过树根，在林叶下窸窣，于小潭上映日。水遇石而击，泠泠作响，泉遭凹而聚，鱼石无碍。泉溪润山，山朗而峰翠；雨水沐浴，林蒸而霞蔚。这个时候人们结绳记事，刻石记典。这时没有造纸业，河流没有污染。水味是清香的，水色是清亮的。山环水绕的这个远古时期，清纯的水滋养着鸟兽，也滋养着先民。一阵雨过，天空就会出现彩虹，有时还是双拱。谷底的水，汇成河流，两岸林木，蓊郁成云，绿色就晕染在河水里。晴日，水亮似练，河水蜿蜒着，映照着日光。夜晚，月兔东升，满河流淌着月光，满川流动着星星。

雨落桥山，落下的都是恩泽。清纯的雨，滋润着五千年前的这一块地面。黄帝时期的先民们，女人采桑养蚕，男人春播秋收。人们躬耕而食，织布而衣。人们敬畏着自然，顺应着天时，天雨而播种，日灼而耘草。人们欢愉安乐地服务自然，心安理得地获取馈赠。天人合一，人天长安。女人们采摘的果实是野生的，没有膨大剂；男人们收获的庄稼是天然的，不靠农药化肥。这里的每一滴雨，都是大自然的馈赠。无数滴雨，落在地上，结成了饱满的粮食。这里，四处飘荡着女子采桑的歌谣，到处回响着春蚕吐丝的声音，时时闻听纺纱织布的欢乐，还有远远回荡的牛羊的哞咩。

雨落桥山，落下的都是仁德。人是大地的主宰，先民们自带着仁德。人和自然中的鸟兽一样，生活得悠然自得。人们行为稳重，举止端庄，并不意识到是合乎义；彼此相爱并不意识那就是仁；相互帮助并不意识那就是恩；约而遵守并不意识那就是信；诚挚相待并不意识那就是忠。人们不懂得什么是君子和小人，人们的天性在自然中生成，纯真无伪，朴实无华。仁德的细雨，氤氲着先民的精神。人们的魂灵，可以与天地接灵。

岁月悠悠，千载岁月滑过，人文初祖的黄帝，离我们越来越远。

令先祖想不到的是，五千年后的今天，炎黄子孙在得到跨越式发展、生活抵达小康的同时，却难以拒绝地遭遇了生态破坏和环境污染。桥山的雨，开始变得稀疏、涩滞，开始飘得越来越远。这里，曾经雨满山川，水清天蓝。雨落桥山，落下来的，是五千年来，人文初祖对后世子民的连绵福泽。

于是，每年的清明祭祖，也是我们在为华夏祈雨，祈求这个民族的雨顺风调。